LES IMPATIENTS

MARIA POURCHET

LES IMPATIENTS

roman

nrf

GALLIMARD

I

Quelque chose commence ici. Un lycée privé sous financements publics, excellente réputation, bondé, capacité d'accueil trois cents élèves, taux d'occupation, le double. Les restes poncés d'un saint Joseph en granit signalent à l'entrée la vocation initialement religieuse de l'établissement. On peut imaginer entre ces murs, avant 68, des élèves en rangs, en blouse, on leur dit tu, on leur promet le service militaire. On peut souffler. Nous sommes en 1999 et c'est le bordel.

À l'intérieur, au terme d'un corridor violemment éclairé aux néons, une salle de classe saturée et une agrégée ès lettres qui se demandera toute sa vie pourquoi. Pourquoi tant d'efforts, la Sorbonne, le grec ancien pour ça. Un lycée de province, la seconde B, trente-cinq mômes éteints, douze Nokia allumés, et au fond une gamine qui dort, toujours la même.

— Encore à vous faire remarquer ?

Éveil de Reine, c'est son prénom. Pas tout à fait jolie, pas encore, mais fière, du moins butée. Le nez bref, busqué, les traits aigus, la peau parfaite et deux yeux sans aucun rapport : un bleu, un presque noir. L'un songeur, terrifié et l'autre qui vous emmerde. Soupir de Reine qui ne dort pas, qui récupère.

En écho, rire de la classe. La classe peut tout à fait, quand on sait s'y prendre, être massivement attentive à quelque chose.

— T'as un mec, princesse ?

— Un job de nuit ?

En quelque sorte. Reine entre 0 et 4 heures du matin apprend le russe au gré de bandes VHS élimées, versions originales parfois sous-titrées des œuvres complètes de Nikita Mikhalkov, cette nuit, par exemple, *Anna* et *Soleil trompeur*. Pour le plaisir ? Pour plus tard, pour se faire remarquer exactement, avoir du travail quand on n'en donnera plus. Les parents de Reine sont catégoriques, plus tard ce sera la guerre, l'envol du prix du baril, la moitié de la France dans la rue. Iront alors aux quelques-uns du dessus du panier, aux acharnés, aux quadrilingues, les restes de l'empire. Les parents de Reine ne laisseront rien à leur fille, aucune illusion et pas un rond qui finirait dans la drogue, au maximum des aphorismes, qu'elle pourra toujours broder sur des coussins. Hériter c'est déjà renoncer, la seule récompense de l'action c'est accomplir, moi on ne m'a rien donné et regarde, travaille, lève-toi. Ne rêvasse, ne t'écoute, ne t'éparpille, ne grignote, ne demande pas trop.

D'où le russe, les langues O' et autres performances préparatoires, sportives ou intellectuelles. Reine n'explique pas tout cela au peuple de seconde B, Reine attend que ça passe. Elle ne sera jamais si patiente qu'elle le fut à cet âge. Reine s'ébroue, elle est déjà dans l'allée.

— Vous allez où mademoiselle ?

Reine, à la porte, lève une main démiurgique. À quel signe répond pile, insolente, la sonnerie de 11 heures.

Dix minutes plus tard, aux pieds du saint Joseph éclopé, jet de lycéens s'allant cacher pour fumer qui derrière un platane, qui derrière la chapelle et néanmoins CDI. On chercherait en vain Reine au centre de ce tumulte où converge le gros du rang. Reine est dans le couloir administratif, car si ce n'est pas sa place il y fait chaud. Avec elle un ami dont personne n'a voulu qui, particulièrement gras et spécialement dans les aigus, développe la présente analyse.

— Moi je prendrais, dit-il, Biscarat en ouverture et comme ça je pourrais passer Pradal au centre. Il est taillé pour le poste, Pradal.

Il n'est pas question de politique intérieure mais de rugby, on est vendredi. Étienne s'astreint un jour par semaine à parler d'autre chose que du gouvernement Jospin, cela à la demande générale, autrement dit, Reine. Car, quelqu'un qui peut réciter le traité d'Amsterdam, Étienne, ça fait peur. Ce n'est pas quelqu'un susceptible de se faire des amis et je ne serai pas toujours là, notamment quand je serai aux US. Déjà que tu transpires des mains.

Inutile de maintenir le suspense autour d'une surprise grillée d'avance : Reine traversera l'Atlantique dans les deux sens et Étienne présentera l'Ena, l'obtenant d'un cheveu. On racontera qu'à peine insolent et merveilleusement dialectique il était bien parti, puis inversant les proportions il aura dépassé les bornes sur la fin, répondant « qui t'a fait roi ? » à la question « pour qui vous prenez-vous ? ». Ce sera bien sûr une légende. Il en court une de cet ordre par candidat. La vérité c'est qu'Étienne n'aura jamais autant transpiré. S'interdisant de retirer sa veste, au risque d'afficher des auréoles ou trop de décontraction, il présentera tout du long une carnation vermeille qui sera mise sur le compte de l'exaltation. La même année il subira une petite chirurgie, section du nerf sympathique, et ne transpirera plus jamais devant personne.

Enfin, on n'y est pas. Pour le moment, ils ont quinze et dix-huit ans, occupés à refaire la rencontre Clermont-Castres.

— Moi je commencerais, décide Reine, par dézinguer en face, le demi de mêlée. Après j'aurais un boulevard.

— Je vais y aller moi, sur le terrain.

Ce sont, non dépourvus d'humour, les mots d'une jeune fille en fauteuil, roulant droit vers Reine comme décidée à lui passer dessus. Elle freine à la butée de ses pieds, la prend par la taille, l'assoit sur ses genoux.

— Je vais leur montrer. Salut Étienne, dégage, tu nous rends pas service. Passe une clope avant. Et le feu.

Étienne, pas plus légaliste qu'un autre, allume tout le monde. Et c'est alors que, pas de bol, surgissant de nulle part comme il convient aux terreurs, un pion :

— Oh ! Faut pas vous croire tout permis parce

— Que ? Papa dirige l'usine qui fait bouffer toute la région ? suppose la fille à roulettes qui est avant tout la sœur de Reine.

— Nathalie…, intervient Reine car c'est le moment et ça ne va pas aller en s'arrangeant.

— Ou parce que je vais, mourir ?

— Nathalie !

Le pion s'approche des fumistes, mollement. Il n'est que fatigue, ferait mieux d'aller se faire couler un café. Mais dans la division sociale du travail, le sien est de disperser les opposants au règlement.

— Encore un pas, dit la fille, je dis que tu m'as touchée. Une handicapée, la honte.

Voilà. C'est exactement ce que Reine craignait en termes d'escalade ordinaire.

Ayant distribué à l'oral huit heures de colle que personne ne fera, la milice est partie. On parle ressources humaines, on pense que Reine ne saurait demeurer dans cette seconde B.

Absentéisme, climat social délétère, classement aux olympiades infamant. La proportion de touristes y atteint une majorité critique, la seconde B connaît tous les après-midi, selon Étienne, le même état que l'Hémicycle : c'est moins l'intelligence qui s'exprime que la digestion.

Enfin le vrai problème de la seconde B selon Nathalie, n'être point la seconde A, compétitive formation de germanistes comptant dans ses effectifs Diego, objet décevant du désir de Reine.

— Salut les filles, apparaît précisément le sujet.

— Connard, dit Étienne.

Plutôt grand mais pas fantastique, pas de quoi grimper au rideau, le nouveau venu nous attrape cependant Reine par la nuque. Et déjà elle ne participe plus aux débats, littéralement étouffée par la langue de Diego, comme il sied à cet âge salivaire.

— Il m'énerve, apprécie Étienne.

— Patience, dit Nathalie car ce garçon, on le sait, aura disparu avant Noël. Reine a besoin pour vibrer d'une passion, d'un défi, d'un sommet, alors Diego ou autre chose. Reine reprend son souffle et confie à Étienne la conduite de sa sœur.

— Tu vas où ?

Chez le principal apparemment. Puisque l'on retrouve Reine hésitant à peine devant une porte siglée « M. Frain – Principal ». Elle entre, n'a pas la moindre idée de ce qu'elle va dire, nous non plus. Fermeture du panneau marron. Contemplons cinq minutes la facture mélaminée, remarquons un autocollant « Sud » dentelé, griffé. À le décoller on semble s'être acharné. Un cégétiste probablement. Dix minutes. Ouverture du panneau, apparition d'une Reine qui vient de changer de vie, qui sera désormais en seconde A, qui de la facilité de la manœuvre reste baba. Elle ne l'oubliera jamais. Elle oubliera Diego, en revanche, deux semaines plus tard, le fréquenter tous les jours de tout près ayant révélé avec précision ses défauts. Entre autres, conversation à trous, pores dilatés, tendance à revêtir chaque jour le même t-shirt « The Matrix has you », à regarder ailleurs. Diego avait bien demandé une seconde chance. Si Reine pouvait attendre qu'il s'améliore, il essaierait. Attendre, avait doucement décliné l'ex-amoureuse, c'est pour les ratés, essayer on vient de le faire. Suivant.

II

Le jour n'est pas levé, Reine si. À demi vêtue devant la glace, elle hésite entre deux chemisiers pourtant également blancs, plaçant tour à tour les deux options devant elle. Avec jabot et sans. Avec. Sans. Elle devrait savoir se décider quant aux chiffons, elle a trente-trois ans. Déjà ? Oui Reine va très vite. On tourne une page, on ne fait pas attention, on s'est pris dix-huit ans dans la vue. Cinq années jusqu'à Hec, trois pour en sortir, deux passées à s'en remettre, à Harvard section histoire de l'art, couplé à un poste de *researcher* chez Gucci USA, pour la suite se référer à LinkedIn. Il est classiquement écrit que sa passion pour la beauté est devenue un métier. Au chapitre Expérience s'énoncent en anglais quelques vies de chef de groupe, de chef produit, de chef de département France, de chef de département Moyen-Orient, de chef de département Russie et Moyen-Orient, de directrice de marque, avant qu'elle ne soit débauchée par la concurrence, toujours dans la cosmétique de luxe. C'est assez agaçant à lire. On imagine que sur le terrain ce fut palpitant, concentré, outrageusement bien payé. On voudrait bien désormais occuper cette fille pressée avec un enfant, un mariage, un déménagement, un autre enfant. On voudrait qu'elle se cogne elle aussi des faire-part, des plans de tables, des chutes hormonales.

Donc, avec jabot ? Non, vous la verriez avec un jabot, c'est sa mère. Disons sa mère si elle avait eu l'occasion de choisir une tenue pour aller bosser. Sans ? Sans c'est bateau. Pas exactement bateau, c'est un col italien. Mais scolaire. Et Reine voudrait avoir l'air plus, plus, plus. Avoir quelqu'un à qui soumettre le problème déjà.

*

Vous êtes Étienne. Il est 6 h 16 pour vous aussi et alors. L'exécutif n'appartient pas à ceux qui se lèvent à 8 heures et, habillé, rasé, vos mains délicieusement sèches, vous répétez dans la glace un truc à assommer le type de RFI, dans deux heures en direct. Au titre de directeur délégué à la stratégie du groupe Fossilia, vous réfutez avoir eu connaissance des manquements à la charte environnementale du sous-traitant espagnol dont ni vous ni personne ne prononcerez plus le nom, l'effaçant ainsi de l'histoire de la tuyauterie industrielle. Vous présentez au miroir toutes vos dents, dissociant le sourire du regard, l'air du type qui sur ces mots va passer à autre chose d'encore plus grand. Atlas, le poids du service public sur ses épaules, ne dédaignant pas de répondre à une question idiote, accessoirement en latin. Le grand homme comme la France en prépare encore cent cinquante par an, plus par habitude que par nécessité immédiate. Vous êtes Étienne, et comme chaque jour que fait la République le destin vous appelle. Pour le moment c'est Reine.

— Que puis-je, décrochez-vous, faire pour toi ?

Bientôt vous choisissez un chemisier pour Reine. Vous avez passé votre vie dans les cabinets ministériels, quand vous n'étiez pas au Stade français à vous décrotter de la classe ouvrière. Les codes vestimentaires, vous connaissez cela comme vous connaissez Michelet et la correspondance Borgia-Machiavel : pas plus que ça mais vous improvisez, mieux que personne vous affirmez. La correspondance Borgia-Machiavel n'existe pas, par exemple. Aussi faut-il pour la citer une certaine autorité, un ton, un niveau de langue, de beaux cheveux. C'est vous. Brillant, prêt à tout, cheval piaffant dit-on, facilement comblé du sentiment d'être utile. Mais à n'importe qui, pas à n'importe quoi. « Ma passion c'est la France, tout le reste c'est trop petit » aimez-vous déclarer, sincère en plus. Vous êtes probablement l'un des derniers de votre âge à penser de la sorte. Nous vous laissons réviser. Vous n'aimez pas être envahi.

*

Ligne 1, sous terre, Reine dans une chemise bleu pâle Alain Figaret qu'on n'a jamais vue dans sa penderie. En effet, Étienne vient de la lui faire livrer. C'est tout simple c'est une application : taille, coloris, coupe, marque, adresse, et vous l'avez dans l'heure. Le businessman en rêvait depuis l'entre-deux-guerres, un gamin l'a fait en deux minutes. Deux minutes on exagère. Le Mozart s'est planté une bonne demi-douzaine de fois, achoppant toujours sur un problème de stock et de gestion des données clients. Mais la conception française de l'échec a radicalement changé depuis qu'on connaît la véritable histoire d'Apple et pas juste la fin, avec le MacBook. Foirer une fois c'est apprendre, foirer plusieurs fois, un prélude au génie. Bref l'uberchemise, ça roule depuis dix-huit mois (« dix-huit mois, ma plus longue expérience professionnelle » avouait le fondateur dans les pages Tech des *Échos*), c'est un triomphe amnésique sur le point de se revendre, plutôt bien, à Amazon. Le gamin négocie. Encore un qui ne saura pas quoi faire de ses mains à vingt-neuf ans, dirait le Reine Père.

Bref, dans un chemisier ciel, dans son temps, dans le métro qui est encore le moyen le plus sûr d'arriver à La Défense Grande Arche, Reine profite d'une vue échantillonnée sur la force de travail en Île-de-France. Elle contemple d'un œil vaguement RH la masse de jeunes gens suréduqués qui descendent à Châtelet se gâcher derrière les caisses du prêt-à-porter d'importation, la gérance des Starbucks. Elle ne s'énerve plus sur la force mal employée de leur nombre. Elle pense que c'est dommage, c'est tout.

Bientôt, faute de lecture, son regard échoue sur un voyageur, plié sur le strapontin d'en face. Pourquoi lui. Parce qu'un type de cet âge lisant un journal en papier, dimensionné comme une serviette de plage, c'est toujours surprenant.

— Vous le voulez ? J'ai terminé. Marin, réagit le voyageur, proposant dans le même mouvement son canard, son sourire et son prénom.

Évidemment. Reine est devenue ravissante. Parlons-en. Un visage, une chevelure, une allure à boire à l'œil dans tous les bars de métropoles. Encore qu'elle en ait peu profité. Elle n'a pas eu le temps de sortir ces six dernières années, il faut savoir ce que l'on veut. Reine voulait tout, c'était vague. Alors on ne l'a pas beaucoup vue.

— De toute façon ça fait peur, résume le lecteur repliant sa paperasse. Les Allemands font grève, les Chinois s'intéressent au bien-être, les Français adorent leur chef, tout fout le camp quoi. Venez on se barre.

— …

— Vous avez raison, faisons connaissance ici.

Reine pourrait en effet engager la conversation. Entre Concorde et La Défense, on a encore un petit quart d'heure. Pourraient s'échanger des vues sur l'Europe et un numéro de téléphone. Or Reine est déjà occupée. À imaginer comment la hiérarchie du groupe, en la personne d'Élisabeth, va l'accueillir dans moins d'une demi-heure. À préparer des phrases. À regarder ses pieds. À constater qu'elle est partie en baskets, celles pour traîner.

Vous êtes Élisabeth. Projetée par cette énergie naturelle et renouvelable qui est la vôtre, vous passez à cet instant le seuil de votre bureau, l'un des plus grands à l'étage de la présidence. Vous n'êtes pas mal dans votre genre, athlétique et méditerranéen. Vous envoyez dit-on, vous êtes un phénomène, dit-on. Oui, on dit beaucoup de choses, trop. Vous êtes, dans les couloirs, un sujet de conversation, vous passionnez les cadres intermédiaires, les standardistes, vous êtes regardée, vous faites attention. Vous avez quarante-trois ans, vous aimeriez qu'on se limite à dire, elle en fait trente-trois. Au fond, ça vous suffirait.

En attendant, trente-trois c'est l'âge de la N – 1 que vous accueillerez ce matin, Reine, votre dernier trophée. Elle aussi on en parlait beaucoup, ça devenait préoccupant qu'elle travaille pour les autres. Vous l'avez séduite, elle arrive tout à l'heure comme directrice de marque. Vous ignorez le petit problème de baskets qui présentement la préoccupe, vous en portez vous-même et ne vous posez plus la question du chemisier à jabot depuis un moment. Vous êtes vêtue d'un t-shirt taillé dans une matière antitranspirante, d'un fuseau Adidas. C'est normal dans la mesure où vous arrivez en courant de

Courbevoie. Quinze kilomètres à petites foulées, assistées par ce discret appareil visible à votre poignet, qui vous adresse en temps réel constantes cardiaques, calories brûlées, distances parcourues, courbe de progression. Ainsi qu'à un géant sino-américain du data songez-vous parfois, non sans effroi.

Vous disparaissez dix minutes dans le bureau inoccupé de la présidence, équipé d'une douche. On dira ce qu'on voudra, c'est pratique. Vous réapparaissez en soie grège et pantalon marine, vous ne portez toujours pas de talons. Vous êtes déjà trop grande.

Bérénice, votre assistante, passe une tête. Une tête ma foi très emmerdée. Le comex, dit-elle, a déjà commencé.

— Et pourquoi ?

Parce que Mme Solveig Sgaard, direction groupe Europe du Nord, l'a fait avancer d'une heure.

— Pardon ??

Parce que Solveig, vous achève Bérénice, siège au conseil de PayPal, lequel se réunit dans deux heures. Elle est débordée, Solveig, elle est très recherchée.

Bien. Il est 8 h 15 et tout semble déjà rassemblé pour vous pourrir la journée. Le board, les Suédoises en général, l'heure d'avance, le rouge à lèvres extraterritorial, atrocement mat et violet de Bérénice, la gamine qui va devoir attendre une heure, bonjour l'accueil.

Vous vous interrogez encore sur l'agenda caché de Solveig quand vous foncez dans la vaste pièce circulaire où se tiennent ensemble les dirigeants exécutifs du groupe. Vous ciblez, verticale et souriante, le seul fauteuil encore disponible. Bonjour dites-vous, dès qu'assise. Votre siège, défectueux, alors s'affale.

Ne sont pas en cause vos cinquante-cinq kilos tout en muscles mais l'usure de l'objet due au poids de chair puissante qu'il a supporté ces dernières années. Qu'importe, l'humiliation c'est pour vous. Vous avez quinze centimètres de moins que les autres, une naine. Vous n'en revenez pas de cette poisse, vous en riez trop haut, vous bondissez déjà sur vos pieds. Le temps, dites-vous, de trouver un fauteuil à l'étage.

— Ça ne fait qu'une demi-heure que l'on t'attend, sourit Solveig.

Vous pensez toi, ma main dans ta gueule.

— Messieurs ? émet alors Roberto Lagna, charismatique direction générale France. D'un geste décidé, passant la main sous l'assise, il descend de trois crans son propre siège. Une seconde de stupeur, et puis tous, trouvant la molette, de s'abattre à sa suite, tel un seul homme, de quinze centimètres.

— Bravo, l'exemplarité c'est tous les jours, fayote Solveig sans bouger.

— Mesdames ? poursuit le Latino.

Et mesdames, un peu plus crispées, de se rapprocher idem de la terre ferme. Égalité. Roberto vous adresse un clin d'œil complice, vous battez des cils pour faire chier les filles. De quoi alimenter cinq semaines durant les conversations au nail bar et mettre durablement à jour votre CV (Ils couchent ? Tu t'es jamais demandé pourquoi elle est arrivée là ? Ah oui.) Vous avez entendu pire.

Roberto passe à l'ordre du jour. On évoquera le départ, après quatorze mois d'exercice, de celle que Reine vient remplacer. Pas moins jeune, pas moins exceptionnelle que Reine, elle s'est barrée. Bastien, direction des ressources humaines, annonce qu'il s'inquiète, officiellement. Il s'agit du cinquième espoir qui leur claque dans les doigts, la cinquième preuve tangible d'un réel problème avec les pépites de trente ans. Pas encore un gros problème mais ça pourrait le devenir, on appelle ça un serpent de mer.

— Accouche Bastien, sourit Solveig, car le monde entier l'attend.

Dieu ce qu'elle vous gonfle.

Bastien consume alors en une phrase douze rapports d'étude effectués par autant d'agences de conseil et autres sondeurs d'opinion : les pépites, dit-il, on arrive à les faire venir, on arrive même à les fabriquer. Après quoi, elles foutent le camp.

— Pour ?

— Ben mieux.

— Paye-les, dites-vous.

— Qui a dit ça ?

— Et l'international ?

Ils en reviennent. Quand on embauche le jeune, il a déjà fait le tour du monde.

— Merde alors.

— Ils veulent quoi ces gamins ? Tu leur as demandé, rassure-moi ?

Bastien de laisser planer un silence accablé avant que d'expirer :

— Leur deuxième vie…

— Pardon ? se réveille le président du directoire dont la deuxième vie commencera fin juillet, à soixante-huit ans, sous le signe d'un cholestérol à 5 mmol/L. Il vous l'a confié, à vous Élisabeth. Il vous aime bien. Voilà dix ans qu'il vous aide.

Ils vous ont tous aidée d'ailleurs, les vieux. Sur la fin, ils ne demandent que ça.

— Et pour certains, la troisième…, ose à peine Bastien.

— Ok, s'emmerde le président, et l'usine en Inde elle tourne ou il faut que j'y aille ?

Vous connaissez ce ton, vous sentez que ça ne va pas s'éterniser. Encore un comex de quarante-cinq minutes. Vive le progrès.

Station La Défense Grande Arche.

— Celles-ci, en noir et en 37, adresse Reine, à un disons chausseur, dont la disons boutique, s'abstenant de pas-de-porte, est constituée d'un présentoir entre un Photomaton et un distributeur Evian.

Une paire d'escarpins RATP plus tard, Reine galope dans les escaliers, se tord la cheville, le temps de déchiffrer sur une marche un petit tag « Occupy Wall Street ». Elle avale l'escalator ouest au terme duquel on peut se faire une première idée de La Défense. Débauche de géométrie. Octogone, rectangle, triangle et parmi eux un cylindre spécialement immense et phalliquement dressé vers lequel se dirige Reine.

Hall du siège du groupe, enfin. On remarque d'abord, s'étendant sur les cinq cents premiers mètres carrés du niveau 0, une myriade d'échoppes contribuant au bonheur du salarié, lui faisant notamment passer l'envie de rentrer chez lui. Coiffeur, pressing, bar à jus, à oxygène, à ongles, cordonnier, restaurant japonais, loueur de vélos électriques, tous commerces sauf une crèche (encore heureux) recomposent tout un patelin qui, dans la densité de son tissu commercial, n'a rien à envier à Saint-Paul-de-Vence. La vue peut-être. Reine au standard délivre son identité, qui fait toujours son effet.

— C'est joli, estime comme tout le monde une demoiselle à demi masquée par des plantes à bulbes. Un buisson d'orchidées, semblable à celui que Reine désespère de faire progresser au bord de sa baignoire. Au toucher, elles sont vraies, écœurantes de vitalité. Quelque chose échappe à Reine qui est à la portée de quelqu'un ici, il faudra les mettre en rapport. Entre-temps l'hôtesse a retourné la bannette contenant censément les badges. Et rien. On va regarder mieux.

— Non, faites-moi un badge visiteur.

— Sûre ? Je vous annonce.

— C'est fait.

Reine brandit son téléphone. Elle vient d'adresser un « j'arrive » à celle qui l'attend, qui lui a répondu « bloquée ». Crispation de Joséphine, frémissement du chignon. C'est quoi ces manières, ça va encore lui retomber sur la gueule.

Dans le bureau d'Élisabeth, sous le regard bienveillant de Simone Veil au format 21 × 29,7 et celui, en 11 par 13 mais plus moqueur, de Beauvoir, Reine se promet d'arrêter le café. Quatre depuis le saut du lit, c'est deux fois trop, c'est une autoroute pour le cancer de l'œsophage, elle l'a lu. Élisabeth, celle qui a accroché ces dames au mur, ne devrait plus tarder d'après Bérénice. D'ailleurs la voici.

— Vous n'avez pas trop attendu ?

Formules d'accueil, café numéro cinq, petites plaisanteries, on se détend. Déplacement vers les vitres du bureau d'angle. Regardez-moi ça. Là-bas ce sont les tours de la BNF, on les voit mieux quand il fait beau. On s'émerveille sur la vue. Démente, dites-vous faute de vocabulaire. Magnétique, suggère Élisabeth. On rapporte bientôt tout cela à ses propres proportions, platement humaines. On peut s'asseoir et passer à autre chose.

Élisabeth énonce un à un les défis qui se présentent aux marques cosmétiques du groupe, leurs retards. Elle formule des vues qui aux yeux de Reine la grandissent. Et puis, dommage :

— Le tournant, c'est le digital. J'espère que vous le mesurez.

— Pas sûr.

— Pardon ?

— Personnellement je l'ai pris en 1997, le tournant du digital. Alors je ne me rendais pas compte de l'enjeu. Enfin, je pense.

Élisabeth sourit. Elle pourrait, elle pourra, dans d'autres circonstances, apprécier ce ton, a-t-elle la bonté de préciser à sa recrue. Passons au sujet suivant. À savoir le contenu du poste que Reine ne découvre pas, ça fait six mois qu'on en parle, depuis qu'on est venu la cueillir où elle était, chez ce concurrent sis à Levallois-Perret. Lequel devrait mal s'en remettre si Reine est ce que l'on dit. Une pépite, un puits de créativité doublé d'une flèche et autres images standards évoquant la perfection.

— Merci, dit Reine.

Abrégeons, ici elle recommence, avec cette marque qu'on lui confie et qu'il s'agit, comme ses mérites d'ailleurs, de réinventer. Son identité, sa place sur le marché, sur le web, dans l'imaginaire collectif, dans les aéroports, les salles de bains du Moyen-Orient à commencer par Dubai, partout. Un pari pour le groupe, un tremplin pour elle. Ici le comex n'est pas réservé aux hommes, aux vieux. On attend beaucoup, conclut Élisabeth, de votre génération.

— Je croyais que vous attendiez beaucoup de moi.

Sourire hermétique d'Élisabeth, elle veut bien être sympa mais cette gosse l'irrite. Depuis ce matin on l'irrite, à commencer par Solveig. Elle pense avoir détecté chez Reine un air d'arriver en territoire conquis. On leur a mâché le travail à ces gamines.

— Il faut tout de même se battre. On a ce qu'on obtient ici, point.

Sûrement Élisabeth s'en veut déjà. Elle hait ces réflexes pavloviens d'appel au combat, ça fait vieille conne. Alors, plus douce :

— Mais on accompagne. Ma porte est ouverte, je suis toujours là, pour les femmes.

— Et pas pour les autres ?

Reine se déconcerte. Elle n'est agressive que dans les négociations et parfois le vendredi soir, au volant. Bref, uniquement quand ça n'avance pas. Bon Dieu mais qu'est-ce qui se passe.

Élisabeth renonce. Encore un peu on va la mordre. Elle doit passer un appel, ne retient pas la visiteuse puisque c'est écrit, noir sur blanc, sur son badge. Elle mettra ce registre singulier sur le compte de la notoire créativité. Encore une chose, Reine, une innovation managériale. On réserve ici à tout opérationnel arrivant une singulière épreuve, vous allez voir c'est très ludique : présenter en trente slides sa quête pour le groupe. Exactement, sa quête. C'est inspiré du Tao, vous savez le jeu. Il s'agit d'exposer les origines de votre mission, pourquoi vous, vos armes et vos limites, votre historique et vos objectifs, vos projections. Merci de mettre des chiffres, des graphes, sinon c'est flou. Et des visuels, sinon, c'est chiant. Vous présenterez votre quête aux collaborateurs, ils verront tout de suite où ça déconne. Vous allez voir, c'est très contemporain.

Reine, toujours étiquetée visiteuse, se voit ensuite précédée dans un bureau par qui serait son assistante, Rose, qui connaît parfaitement la maison puisque recrutée à l'interne. Recruter le back-office à l'extérieur est désormais mal vu et, dite d'austérité, la nouvelle politique se résume en ceci : tout ce qui est personnel administratif, on fait avec les moyens du bord, quitte à se les partager. Pour certains postes semi-bidon, soyons francs, une demi-assistante, c'est déjà trop. Décision du daf qui promettait également de s'intéresser aux bouteilles d'eau, aux rouleaux de papier hygiénique, aux cafetières individuelles, aux ampoules.

— Vous n'arrivez pas au bon moment, déplore l'assistante encore entière, désignant en partant un carton. Je vous ai mis ça là.

« Ça » constitue le défi qui se présente à la créativité de Reine pour 150 K par an + bonus. Des dizaines d'étuis, de flacons, de pots, de sérums, de fonds de teint et autres formules plus ou moins grasses, pareillement siglés Archi Gold Repair. Gamme de cosmétiques anti-âge exploitant des principes actifs de l'argan et de l'onagre, Archi Gold est tombée sans crier gare en désaffection, au profit des richesses de la mer, extraits d'algues, œufs de poissons, poudre d'huîtres et placenta de baleine. Il s'agit de changer tout ça et de dompter la vague. Le groupe ne veut pas tout miser sur la mer, c'est incertain et l'incertain, on est déjà bien servis tous les jours. Élisabeth attend un état des lieux, une étude du marché, des prospectives, des suggestions miraculeusement innovantes. On peut toujours appeler ça une quête, ça n'en reste pas moins un pensum et la énième copie à rendre. Ma parole on ne sortira jamais de la logique du concours d'entrée. Certes. Mais c'est bien la première fois que Reine s'en émeut.

Elle détache l'opercule d'un écrin rond et lourd comme un fruit. Toutes les préparations de la gamme ont en commun l'injection de minuscules particules d'or vrai qui leur confère une inimitable texture irisée. Reine se tartine les mains d'un sérum Premières Rides, apprécie l'effet satiné. Oui, pas mal. Pas dingue, non plus.

Son attention est bientôt détournée par le petit matériel sans fil déposé, à sa demande, par le service informatique. Une souris ergonomique Logitech présentant cinq boutons et molettes aux fonctionnalités non imposées : à l'usager de les paramétrer lui-même, selon ses propres réflexes, s'évitant ainsi les gestes de trop et avec le temps les tendinites. Reine accorde à cette tâche de personnalisation des raccourcis le temps qu'il faut savoir prendre pour en gagner par la suite. Beaucoup. On décide vite qu'à la molette sous le majeur répondra le défilement vertical. À une pression du même doigt réagira la fonction *sélectionner* et à deux celle de *copier*. Reine se penche avec gravité sur la question du raccourci *coller*, geste qui n'est pas toujours immédiatement consécutif à la copie. Elle opte pour le second bouton, situé sur le flanc gauche de la souris. On peut s'y mettre.

C'est vite dit.

Une heure passe sans qu'apparaisse l'ombre du début, de la queue du commencement d'une idée. Deux heures. Reine est face au blanc précipice de son écran rétroéclairé. Trois heures. Nous sommes officiellement en présence d'un trou. Pas d'affolement, Reine connaît en la matière les réflexes de survie : le subalterne. Déléguer la corvée à quelque exécutant talentueux et, à défaut, rassembler autour de soi ce que l'étage compte d'esprits vifs sous Adderall (stimulant). Ce qui impliquerait d'avoir déjà constitué son équipe, étape qu'Élisabeth envisage comme postérieure à la rédaction de la quête. Et merde.

Quatre heures. Niveau zéro de la vibration chez Reine qui contemple l'idée de facturer au département de coûteux services de conseil, que le daf découvrirait trop tard, quand on s'en serait sortis.

Cinq heures. En proie à un désespoir de cancre malgré elle, Reine décide d'accéder au rooftop, où selon Rose s'étend une charmante terrasse, tendue de gazon synthétique et meublée de parasols chauffants, haut lieu du tabagisme passif. La jeunesse du groupe, sa part la plus créative du moins, s'y répandrait en grappes pour des pauses réputées longues et productives. Reine connaît ces assemblées. Elle est sûre d'y rencontrer quelqu'un d'inspiré et d'un peu disponible dont la simple conversation fécondera, par hasard, sa pensée. On dit des muses.

Ascenseur, ascension. Reine aspirée vers le toit se tient à la rampe, priant pour supporter le dénivelé. Car Reine a une faille, il est temps d'en parler. Pas exactement la phobie de l'altitude mais, plus physiologique, le mal des montagnes. Pour une fille de son acabit, c'est gênant, susceptible qu'elle est de travailler en milieu coté, donc en gratte-ciel. Enfin on va voir, le malaise n'est pas systématique. Elle n'a pas retenté le coup depuis Avoriaz, quand s'évanouissant dans la cabine du télésiège parmi les skieurs elle s'était pris sur la tronche ses propres skis. C'était il y a quatre ans et Avoriaz culmine à 1800 mètres. C'est très différent, espère Reine évoluant vers le 37e étage.

Mais à l'air libre Reine voit double, l'oreille interne aussitôt détraquée prétend la faire choir. Et merde encore. Elle ne foulera jamais le toit du groupe. Elle rappelle l'ascenseur.

— 23e étage, annonce-t-elle, la main sur les lèvres.

— Bonjour, argumente le second passager. Vous avez décidé de me chercher dans les transports en commun ?

— Hein ?

— Le métro, ce matin. Je vous lisais le journal et vous avez crié putain mes chaussures.

Putain, il est beau d'ailleurs. Si grand et blond et bronzé et bleu du fond de l'œil suffisent pour y prétendre, il est beau. Reine rougit, rougit de rougir, portant la pâleur de son teint poudré à quelque chose comme sang de bœuf.

— Vasodilatation, dérèglement hormonal, nourritures épicées, tumeurs…

— Hein ?

— On peut piquer un fard pour plein de raisons. Je veux dire, je le prends pas pour moi. Vous allez où ?

— Reine, éructe Reine, main sur les lèvres.

Car le mal des hauteurs vient bel et bien de la reprendre. Blanche, on la sent au bord du malaise.

— Vous allez vomir ?

— Non. Manquerait plus que ça.

L'inconnu qui l'est déjà moins arrête l'ascenseur entre le 28e et le 29e étage.

Ah d'accord.

Le type chez lui, qui intervient dans les événements, l'ordre souverain des choses. Vas-y que je t'arrête l'ascenseur principal d'un groupe comme ça. 70 000 personnes, 25 marques représentées dans 120 pays, 18 milliards de chiffre d'affaires aux dernières nouvelles, et Machin, c'est-à-dire personne, arrête leur ascenseur. Reine est consternée, nous aussi et lui, il continue à nous provoquer :

— C'est pas le coup de la panne, non. Vous avez le mal des montagnes, il faut faire des paliers. Respirez par le nez.

Et tandis que s'époumone une voix radiodiffusée, sécurité, vous avez activé l'arrêt d'urgence ? sécurité ?, s'ensuit un exercice de respiration assistée, avec ce qu'il implique de contacts pas désagréables.

— Inspirez, expirez, on va continuer doucement. Il s'apprivoise le mal de l'altitude, il est comme tout le monde.

Reine revivant s'enquiert de la formation intellectuelle du samaritain. Monsieur détient-il un master en ascenseurs ? Du tout. Monsieur est moniteur de ski à l'ESF, Reine ne voit-elle comme il est gaulé ?

Et de plaisanterie en plaisanterie on rougit de nouveau, on commence à l'assumer, on se sentirait quasi bien. Les mains de Reine qui d'ordinaire ne cessent de jouer l'une avec l'autre sont présentement enfermées dans celles de l'inconnu. Il serait temps qu'elle s'en aperçoive. Voilà. Elle les retire brusquement et ça va mieux maintenant, merci de faire repartir l'infernal véhicule, soit dit avec un petit ton. On repart in petto. Le temps d'apprendre la vérité sur ce type : biologiste, pointure internationale sur le sujet des algues, il s'apprête à vendre ici un brevet. Pour ? Exploiter une algue, une algue particulière parmi les rouges, strictement bretonne et recélant deux propriétés rarement associées, antiseptique et antioxydante.

— Et vous ?

— Moi eh bien, commence Reine mais trop tard, nous y sommes au 23e étage. Adieu. Reine se catapulte dans le couloir et détale avec toute la classe qu'on peut y mettre.

À peine a-t-elle, encore un peu rosacée, réintégré son bureau, qu'une jeune femme en salopette verte s'y invite, préposée à l'arrosage des plantes décoratives. À savoir, bulbes d'amaryllis, ficus, boutures de tiaré que Reine n'avait même pas remarqués, qui la secondaient discrètement dans l'ornement de son bureau. Sûre de tenir la responsable des orchidées du standard, Reine lui tient une conversation horticole curieusement exaltée que l'autre ose interrompre un peu tard, pour spécifier que les orchidées du hall sont sous-traitées. Un fleuriste extérieur, sous contrat annuel. Bref, elle est compétente sur toutes les fleurs en pot, à l'exception de celles d'en bas, elle regrette.

Et c'est au gré de cet échange que Reine sut, c'est presque bête, ce qui freinait sa propre floraison. On ne planchait pas sur le bon sujet. Élisabeth, cela arrive aux meilleures, s'était plantée dans sa consigne.

Et c'est dans un relatif mais caractérisé déni d'organigramme que Reine décide de recadrer, bien sûr avec les formes, sa N + 1. Aussi, ayant frappé tout de go au bureau d'Élisabeth :

— Vous avez dit que votre porte était toujours ouverte, s'introduit-elle.

Élisabeth est concentrée sur sa proche recherche. Les sièges d'administrateur susceptibles d'être renouvelés au sein des conseils des entreprises du Cac 40.

— J'ai exagéré, se débarrasse Élisabeth car elle est pressée. (Qui sait ce que Solveig obtient tandis qu'on bavarde.)

Reine, assimilant cet humble aveu à une bonne disposition d'esprit, s'interroge à voix haute sur la pertinence de sa mission. N'est-ce pas complètement stérile de s'épuiser à ressusciter un produit alors qu'on a sous la main de quoi en faire un nouveau ? Et si à l'exemple du gouvernement on se débarrassait du vieil appareil, au hasard Archi Gold Repair, pour se donner la chance d'exploiter la nouveauté ? Au hasard toujours, la promesse de cette petite algue miraculeuse, la bretonne, la rouge ? Il se trouve qu'on lui en a parlé, au gré d'un bol d'air sur la terrasse. Reine propose de se jeter dans ce projet marin corps et âme, il suffit qu'on lui donne le top.

Élisabeth, sans lever le nez de son écran, rassure Reine : l'équipe R et D, elle-même et la direction réfléchissent assidûment aux orientations marketing, stratégiques et scientifiques du groupe. Que Reine cesse de s'inquiéter, de se balader sur le toit et se mette, sans vouloir la commander, à ce pour quoi on la rétribue.

— La première fois qu'on s'est rencontrées vous m'aviez dit que l'entreprise c'était votre biotope.

— Oui ? s'impatiente un peu plus Élisabeth.

— Parce que c'était le dernier endroit où on pouvait tous les jours changer quelque chose, même infime ?

— En effet, se contient Élisabeth encore pour une seconde.

— Par exemple aujourd'hui vous pourriez changer de point de vue ?

Une fois débarrassée de la casse-couilles, Élisabeth fait entrer, car c'est l'heure, son coach en management. La séance consiste, comme chaque semaine, à revisiter les interactions ratées de la journée, à les rejouer en mieux. C'est efficace. Encore heureux avec un prestataire à 3 000 € / jour. Pour aujourd'hui le coach signale essentiellement l'erreur de renvoyer la petite trentenaire créative, comment l'appelez-vous ? Reine en plus. De renvoyer une Reine à son statut d'exécutante.

— Merci Reine j'ai noté l'initiative, je serais très heureuse de vous confier ce défi en temps voulu, quand il se présentera, ânonne bientôt une Élisabeth décidée à se corriger.

— Voilà c'est bien, s'enthousiasme l'accoucheur. On insiste sur défi, sur initiative, on appelle les gens par leur prénom, on fait état d'émotions positives. Et surtout pas d'ironie.

— Pfffou…

Dans son bureau fleuri, l'erreur de management cravache. Vibrante de vexation et d'on ne sait quoi, elle a enfin recouvré son potentiel et sa main, la souris ergonomique. Ensemble elles délivrent d'un jet le scintillant programme que tout le monde attend. C'est pas trop tôt.

Et le lendemain matin, Reine est exactement au même endroit, dorsales arrondies et cervicales brisées sur le clavier, carburant au citron pressé. On sait cependant qu'elle a bougé, la sécurité témoignera l'avoir foutue dehors hier au soir, sur le coup de 23 heures.

En fin de matinée, Élisabeth vient avec une douceur étudiée frapper à la porte de Reine et s'excuser pour sa froideur de la veille. La veille était une journée de merde. Quant à l'algue qu'évoquait Reine, Reine est en droit de savoir qu'elle n'est pas au stade de l'exploitation et n'y sera probablement jamais. Elle a une odeur. Pour le moment il semble qu'aucun parfum commercialisable ne parvienne à masquer ce rustique défaut. Elle pue en somme, et son découvreur n'y peut rien. Remarquez chercheur à l'Ifremer, c'est pas Chanel. Je vous laisse travailler, Reine, à plus tard.

L'exercice consomme au total cinq jours ouvrés dans l'existence de Reine. Au terme du troisième, Reine enfile pour se détendre des longueurs de vingt-cinq mètres dans le bassin de Courbevoie. Personne n'a oublié un smartphone sur la margelle, c'est bien celui de Reine qu'elle consulte tous les cinquante mètres comme il s'agit de reprendre son souffle. Une réunion « Identité de marque » se déroule sur WhatsApp avec Élisabeth à l'aéroport de Tokyo, générant des propositions que Reine devra sur le vif intégrer à son raisonnement.

Les deux jours suivants sont consacrés aux finitions, dont transcriptions en anglais et en allemand, que Reine préfère assurer elle-même. C'est besogneux, mécanique. On pourrait de nouveau s'emmerder. Heureusement un membre du groupe Facebook des anciens d'Hec poste à la mi-journée une invitation à se réunir, proposant l'habituel concept nostalgique qui renaît telle une rhinite allergique au début de chaque printemps. On louerait écrit-il, quelque chose quelque part, on verrait bien ce que l'on est devenus en neuf ans, tenue de soirée exigée, et sur la fin des agapes on pourrait imaginer de chanter. Extrémité qu'on pouvait tout aussi bien anticiper par la location d'un matériel professionnel (projecteur, enceintes). Reine s'en distrait un moment avant d'oublier de répondre ça s'appelle un karaoké, au secours.

Au terme du quatrième jour, un jeudi vers 21 heures, Reine ressent un début de nausée. Elle a oublié de s'alimenter tout en abusant depuis l'avant-veille du bar à oxygène, à raison de huit bouffées par jour composées à 90 % d'O_2 pour 10 % d'eucalyptus. Les indications thérapeutiques de l'oxygène, on les connaît : maux de tête, stress oxydatif, fatigue nerveuse, effets du décalage horaire. Difficile de croire que Reine soit concernée par tout cela. Gageons que c'est dans sa tête qu'elle étouffe.

Le vendredi, au matin, Reine a terminé ce qu'elle doit présenter l'après-midi même. Elle parcourt le dernier slide, laisse passer une faute d'accord et l'absence d'un a dans davantage. Travaillant directement sur le serveur interne depuis le début, elle enregistre d'une simple pression de son pouce sur le bouton intérieur de la souris ergonomique l'œuvre dans son dossier confidentiel. C'est ainsi que son travail a disparu à jamais.

Selon son propre paramétrage, l'enregistrement était en effet commandé par la molette placée sous son index. Quant à son pouce, il commandait tout bêtement la suppression.

Inutile de rêver. Un serveur est une simple unité de stockage capable d'apprendre ce que l'homme lui enseigne, pas plus. En bref si l'on n'y stocke rien, il ne retient pas tout seul. De même, les documents confidentiels supprimés ne stationnent pas dans une corbeille où n'importe qui pourrait les récupérer. N'importe qui du back-office ne peut revenir sur une manipulation confidentielle opérée par une directrice de marque ayant signé des accords de confidentialité. Ça ne serait plus confidentiel, ce serait le bazar, ce serait trop simple. Reine en est brièvement abasourdie. Le subconscient existe et ne l'a pas ratée.

— Je ne comprends pas, vous n'aviez pas pris le tournant du digital à la naissance? ne la ratera pas non plus Élisabeth quand Reine viendra lui exposer sa bourde, classiquement amateur.

Passons sur les affres introspectives de Reine, auxquelles nous n'aurons pas plus accès qu'à l'Archi Gold Repair Quest. Sachons qu'aux termes de celles-ci Reine décida d'accepter l'erreur de sa main pour ce qu'elle était : un acte manqué. Autrement dit, si l'on en réfère au statut psychanalytique, une décision. Reine avait annulé le fruit de son travail parce qu'une part d'elle-même estimait que c'était à chier. Après avoir sué sang et eau, de seize à trente-trois ans pour arriver au poste convoité, elle démissionna un 14 avril, prenant, après la souris Logitech, sa vie en main.

III

Évidemment Reine a un appartement. Encore faut-il trouver le temps de s'y rendre. Reine est chez elle à s'émouvoir des jeux particuliers qu'entretient la lumière, un lundi à 15 heures, avec les voilages des fenêtres. Elle s'étonne du calme qu'elle y trouve, tassée dans ce chesterfield d'angle qui correspond à la prime annuelle de Pierre. Un volume noir et froid qui vous donne l'impression que le canapé est davantage chez lui que chez vous, qu'il vous tolère. Reine ne l'aime pas, ce machin. Mais pour une fois que Pierre avait pris une initiative strictement personnelle, elle avait « fait levier », comme disent les gens productifs pour dire accompagner.

Voici, toute trouvée, l'occasion de faire le point sur une situation enviable. Reine et Pierre gagnent de confortables revenus depuis respectivement sept et quinze ans. De ces fonds le budget loisirs et culture absorbe une infime partie, faute non d'exigence mais de temps. Le budget équipement électronique est tout aussi raisonnable, à peine grevé par le renouvellement planifié des terminaux Apple qui expirent tous les quatre ans avec une régularité qui défie ou pas la logique. Alors, considérant qu'ils n'ont pas d'enfant, à peine de personnel de maison, on serait fondé à se poser par-devers soi la question suivante : que font-ils de leur pognon ? Car hormis le chesterfield on est reçu chez Habitat, pas plus.

L'argent travaille lui aussi, comme tout le monde. Et quand il ne travaille plus, converti en biens immobiliers et revenus locatifs, il garantit l'avenir, sans quoi on nage dans l'incertitude comme les parents de Pierre. Et comme eux on sera réduit à la conjurer dans la bouffe, l'alcool, le Xanax et les crédits revolving, merci bien. On parle de Pierre comme s'il était là, c'est parfaitement désobligeant, oui. L'équilibre de Pierre, pour ne pas dire sa félicité, repose sur la prévision. Entre autres petits placements sans risque dans de jeunes entreprises du big data, ils disposent avec Reine de deux studettes dans le 5e arrondissement louées sans risque à des locataires eux-mêmes entretenus par leurs propriétaires de parents. Ajoutés à cela, deux appartements à Saint-Jean-Cap-Ferrat, loi Pinel, assureront des revenus locatifs en cas non pas de licenciement mais de réflexion, envie de liberté, nécessité d'émigration. La France pourrait devenir insupportable, décevante au moins, l'histoire l'a montré. Enfin, un compte est approvisionné dans le cas plus que probable où la mère de Pierre, fantasque retraitée de l'enseignement primaire, témoignerait d'une soudaine perte d'autonomie et voudrait vivre chez son fils. Pierre a évalué le coût de six ans de pension complète en maison de repos. Il a placé le total à taux fixe et depuis il respire. Ils ne partent pas en vacances tous les quatre matins, inutile. Pierre est suffisamment détendu à l'idée que sa mère ne viendra pas tacher le chesterfield.

Pierre a cryogénisé la perspective sur dix ans, impossible d'avoir peur de quoi que ce soit. C'est à cela que songe Reine.

À Pierre, à l'extinction de la trouille, au calme qui l'environne, à la chance qu'elle a de ne manquer de rien. Tu parles.

Elle s'enveloppe dans le plaid Emirates de son premier vol en business. Elle l'a gardé, elle dit qu'il a encore l'odeur de l'avion. Elle a été sentimentale, voudrait l'être encore. Consultant machinalement quelques applications communautaires qu'elle n'a pas ouvertes depuis quelques jours, elle s'aperçoit que le projet de retrouvailles des anciens d'Hec est tombé à l'eau, à la suite de la réponse de Cyril. Perçant d'un coup le pudique voile des mots, Cyril avait répondu à l'émetteur on sait très bien où tu veux en venir, obsédé. Il s'agissait selon lui, pour ceux qui n'avaient pas pu se taper, sic, celles qu'ils voulaient avant la fin de la dernière année, de s'offrir une seconde chance de coller, sic, les intéressées au mur après quelques shots de vodka. Cyril n'était pas contre, à la condition qu'Anne-Charlotte, Hafzia et, sic, Reine soient des leurs. Après quoi, plus personne n'avait répondu au risque de passer pour prédateur ou consentante. Quel con, s'assoupit Reine dans le souvenir désagréable de Cyril, dont on reparlera.

Reine s'est endormie dans le chesterfield, ce n'était pas prévu. Voilà pourquoi elle déteste ce truc, il est fourbe, vous la fait toujours à l'envers, un Anglais dans les affaires. Elle se réveillera dans dix minutes, elle appellera Pierre.

Le soir même, les voici l'un et l'autre dans un bar à chats qu'il s'agissait de découvrir pour l'avoir découvert. Entre eux le jus du jour (chou kale, concombre, orange, kiwi) et un verre de vin rouge que Reine a vidé de moitié.

— J'aurais jamais commandé du vin ici, moi.

— J'en avais envie, dit Reine concédant qu'il est dégueulasse.

Alors c'est lui, Pierre. Il est difficile à décrire. C'est toujours difficile à décrire, l'absence totale d'extravagance. C'est un joli garçon propre, dans les tons bleus, sable et blanc. Le design de sa monture de lunettes révèle une mutuelle et une éducation également excellentes. Il est de ceux dont veulent toujours faire un gendre les abonnées de *Marie Claire Maison*. Il paraît doux.

Un lourd félin jaune vient s'échouer sur les genoux de Reine qui veut bien lui gratter le ventre. Il ne fait pas la différence entre elle ou une autre. Ça remet à sa place.

— Eh bien dis-moi, insiste Pierre ignorant toujours ce qu'ils font un jeudi à 19 heures, hors d'un centre d'affaires quelconque.

— Le salariat, c'est fini. Je suis partie.

— Mais t'es tarée ? ne dit pas Pierre qui observe un silence bienveillant. Il avait prévu la reconversion de Reine, la femme qu'il va épouser. Pierre n'est jamais tombé de l'armoire, n'envisage d'ailleurs pas que ça puisse arriver. Pierre rationalise, n'est jamais surpris. La vie est une fête tranquille que Pierre a planifiée lui-même. Stop, on a compris le profil de Pierre.

— Je m'ennuyais.

— En moins de deux semaines ?

— Pendant quatre ans. Je m'y voyais comme si c'était demain. Je vivais dans l'avion, je tapais des euphorisants à un chief happiness officer, j'étais chiante.

Pierre comprend tout à fait. Et que veut-elle ?

— Il me tient chaud ce truc.

Reine pousse le chat jaune qui ne fait pas le moindre effort pour accompagner le mouvement. Un sac.

— Ils les droguent ? s'inquiète Reine.

Pierre propose de sous-traiter à un expert la question de l'avenir de Reine. Ainsi se poursuivra-t-elle en temps masqué, tandis que Reine ne perdra pas le sien, en organisant, tiens pourquoi pas. Leur mariage.

— Je te prends un rendez-vous avec Armand, mon pote en droit social. Lundi tu peux ?

— Qu'est-ce que tu veux que je fasse d'un autre avocat ? Je t'ai.

Pierre de préciser qu'Armand, frôlant la quarantaine, vient de se reconvertir, rue d'Aboukir, dans l'accompagnement aux reconversions. Avec tout ce qu'il a vu, le mec.

— Rue d'Aboukir ? C'est que du tissu, c'est le Sentier. T'irais voir un conseiller rue d'Aboukir, toi ? T'es sûr que c'est pas moi qui dois l'aider ?

— Il a déjà répondu, s'enthousiasme Pierre, demain !

— Évidemment. Il a personne.

Reine termine son vin dégueulasse. Approche d'une serveuse dont toute la personne, col Claudine à sequins, socques en bois, jupe cloche, témoigne d'une passion pour le Japon vu d'ici. Reprendra-t-on quelque chose ? La réponse est non. La demoiselle incline la tête, laissant apprécier un serre-tête reproduisant, en acrylique, les oreilles et la fourrure d'un ourson. La demoiselle pivote et à petits pas mécaniques se casse.

— Les gens vont mal ? s'inquiète Reine qui redécouvre le monde, qui a le temps.

Mardi après-midi, quelque part dans Paris, un jeune spécialiste de la reconversion s'énerve sur un antistress en silicone. Dans la même pièce, s'énervant beaucoup moins sur son clavier, Doria fait office d'assistante à bac + 7 en attendant mieux. Le mois dernier elle était encore en Australie, à se réveiller dépitée d'un rêve de vignoble. Vue de près l'Australie c'est comme le reste, pas si grand, et leur cabernet, ordinaire.

— Je m'interroge vraiment sur la capacité de votre génération à changer le monde, quand on n'est pas foutu de s'acheter une montre, s'emballe à l'instant l'employeur.

— C'est quoi cette vieille expression ? Plus personne ne veut changer le monde, c'est fait. Même les djihadistes ça leur est passé.

Légère tétanie de l'employeur. Il ne supporte plus ce registre pieds dans le plat qui se croit drôle, qui simplement éclabousse et personnellement le dérange. Se bouscule entre ses lèvres crispées quelque chose à propos du cynisme de cette génération hyperinformée qui ne canalise son intelligence que dans des tweets.

— Et le tweet, Doria, Doria tu m'écoutes ? Le tweet est à la pensée ce que le pet est au système gastrique, moi j'ai fermé mon compte.

Et ajoutant fuck il va prendre un café. Claquement indigné de la porte.

Les trentenaires aussi ont leurs vieux, tweete aussitôt sans réflexion la sympathique Doria. Et profitant d'avoir le téléphone dans les mains, elle enregistre un message à l'intention d'Armand : j'y vais aussi virgule j'en peux plus point à la ligne j'ai basculé le fixe sur mon portable à la ligne à demain.

— Bousculer le fisc! s'esclaffe-t-elle en se relisant, aux facéties de la technologie. Elle efface et, à nouveau, articule son absence d'excuse. Et de vider les lieux. Personne pour accueillir Reine si jamais elle se pointe.

Aucune chance. Face à Marin, Reine semble durablement installée, vissée sur siège. Marin, le mec de l'ascenseur? Celui-là, oui, à qui Reine a donné rendez-vous. Inutile de coller ça sur le dos du hasard, du destin. Et sauf à avoir vécu dix ans dans une cave personne ne songerait à demander comment elle l'a retrouvé. Bien sûr, Reine ne l'ignore pas, un rendez-vous c'est là se rendre à une extrémité de morte de faim. Bien sûr c'est nul se désengage présentement le surmoi, bien sûr on a honte. Mais elle n'y tenait plus. Elle y pensait trop à cet imbécile, se couchait en se demandant si elle aurait dû être plus cordiale la première fois dans l'ascenseur, s'endormait, l'embrassait toute la nuit dans un rêve vénitien. Au réveil, s'allant doucher pour s'en remettre, elle trouvait sur les dix mètres qui la séparaient de la salle de bains le temps de chercher ce qu'il préférait. Thé ou café. Un matin dans l'eau de la baignoire Reine a alors aperçu la suite. Elle s'est vue, dans sa tour, enfiler des perles en regardant le téléphone tandis qu'au rythme de ses illusions ses cheveux pousseraient et que sa vie, comme celle de sa mère, passerait à ne rien devenir, ne rien faire, sinon chier le monde. Ça faisait donc quarante-huit heures qu'à son insu Reine bousillait son futur proche. Elle a réagi, c'est très bien et on n'est pas là pour la juger.

Pour le moment, Reine érotise malgré elle la situation en se massant le cuir chevelu. Pour le moment, Marin affiche le sourire satisfait du type qui lui n'a pas craqué, qui aurait pu tenir longtemps sur cette terre de faibles femmes. Ce sourire-là, détestable.

— Je vous fais rire ?

Marin a des mains magnifiques. Ses mains, Reine ne peut en détacher son regard. Sur le plan freudien c'est presque déjà lubrique. Marin est, on l'a dit, un être blond, bouclé, doré, barbu, ce qui tout ensemble demeure assez rare, ce qui suscite chez les plus cartésiennes des émotions bordéliques pouvant aller jusqu'au délire d'attachement. Reine pense à fuir, à l'embrasser, pense à Pierre, n'y pense plus, veut dire j'y vais et prononce je reste. On la plaindrait presque. Et Marin qui ne dit rien, le salopard, qui regarde cette jolie fille perdre pied et se raccrocher à la tasse, y verser la sixième dernière dosette de sucre. Boire. S'en apercevoir. Tenir.

— Bravo.

— Foutez-vous de ma gueule.

Marin se décide à décrocher un mot pour évoquer son activité extraordinairement sexy. Chercheur à l'Ifremer, il a par ailleurs avec quelques autres océanographes fondé une start-up dont la vocation est de déposer des brevets relatifs à l'exploitation, en cosmétologie et pharmacie, de certaines variétés d'algues. Non il ne les récolte pas lui-même. Non ce n'est pas une question idiote. C'est simplement qu'il n'est pas goémonier. Les algues, il les observe à la loupe, en isole les propriétés, pour certaines encore inconnues. Il regrette souvent de ne pouvoir lui-même mettre les pieds dans l'eau.

— J'imagine, dit Reine.

Elle imagine très bien un beau gars comme ça, penché sur un microscope, couvant du regard ce frétillant et vulnérable morceau d'algue lequel se livrera tout entier, car on ne peut pas faire autrement avec ces types-là. Elle imagine avec une cuisante précision.

— Qu'est-ce que je peux faire pour vous ? s'intéresse-t-il, alors qu'il le sait, a priori.

Reine doit déclarer un motif, elle est censée poursuivre une reconversion. Pas boire des coups en terrasse comme ça, sans but.

— C'est professionnel.

— Oui évidemment, s'empresse Marin, je sais.

Et c'est ainsi, au-dessus d'un café froid, que Reine détermine sa reconversion dans les algues françaises et leur exploitation cosmétique. On verra plus tard pour les détails, le temps qu'elle y réfléchisse. Voilà pour le champ d'activité. Reste à trouver la précieuse matière première.

— Ça se trouve où les algues ? Ça ressemble à quoi ? demande candidement celle qui dans six mois sera présentée, certes dans une presse imprécise, comme une référence en la matière.

— C'est très simple.

— Ah ? dit Reine légèrement désappointée. La simplicité la déconcerte.

C'est très simple dès lors qu'en France on cultive grosso modo un seul champ d'algues, mille hectares qui s'étendent dans l'archipel de Molène, au large d'Ouessant. Dans ses profondeurs, les laminaires. Brunes, géantes, elles peuvent atteindre quatre à six mètres de long. 70 000 tonnes y sont récoltées chaque année, soit 95 % de la production française. Le plus vaste champ sous-marin d'Europe, on appelle ça, vous allez voir c'est poétique, la mer d'Iroise.

— La mer d'Iroise… rêvasse Reine, ses yeux versus un instant noyés par une extase pas du tout professionnelle.

— On y va la semaine prochaine.

— Allez d'accord ! frémit Reine qui entend des points d'interrogation qu'on ne prononce pas, des invitations que personne ne lance. Cliniquement parlant, syndrome Jeanne d'Arc.

Marin corrige. On c'est lui et l'Ifremer, pardon. Et la semaine prochaine il s'agit d'effectuer le relevé annuel à partir de quoi on, l'Ifremer donc, détermine l'état du champ laminaire et évalue la masse d'algues pouvant être récoltées sans fragiliser l'écosystème.

— Ah.

Au terme d'un indéchiffrable silence, Marin suppose que l'équipe ne verra pas d'inconvénient à accueillir quelqu'un à son bord. Quelqu'un qui sera là à titre professionnel, il faudra insister, dans un cadre documentaire, à des fins comment dire.

— Exploratoires, suggère Reine.

— C'est ça.

Et l'on se quitte quasiment convaincus qu'en cela s'accomplit une interaction professionnelle de plus.

Une semaine avant ce petit aller-retour en Bretagne. Pour Reine qui vibre à nouveau, il s'agit de compter les jours et de canaliser la charge émotionnelle. Dès lors qu'on n'est pas artiste peintre, sportif de compétition, dès lors qu'on se trouve provisoirement privée de l'exercice d'une fonction professionnelle, les voies cathartiques sont souvent, en la matière, bêtement ménagères. On vide ses placards, on nettoie ses tiroirs de commode, on les fonce après ça d'un morceau de papier peint soigneusement découpé, ou la plupart du temps d'un morceau de papier cadeau, car posséder des chutes de papier peint implique d'avoir un jour acquis un rouleau. Ayant libéré les contenants et séparé les contenus en deux volumes disproportionnés (l'essentiel et le superflu) il convient à ce stade de jeter l'un des tas. Cela consomme six sacs de cinquante litres et offre l'occasion unique de confronter au sortir du local poubelles ses convictions écologiques à celles de la concierge. On débat avec vigueur des destinées des plastiques, Reine parvenant à démontrer qu'il s'agit de la poubelle jaune avec une passion exagérée qui inquiète Mme Damiavitch. D'autant que c'est la verte. Ainsi dépouillée, on éprouve dès après le besoin d’un tas de choses. Des choses de femmes. On découvre que l’on n’a rien à se mettre sur la peau qui ne soit pas en coton blanc, voire blanc tirant à la longue sur le gris. Rien pour aller danser, rien en soie imprimée de ramages et d’oiseaux pour traîner dignement à la maison.

C’est ainsi que sans lire les étiquettes Reine s’acheta des vêtements nobles et sous-vêtements travaillés, parfaits pour des occasions qui ne se présenteraient pas, du moins pas dans cette vie : rave, soirées cosmopolites en station balnéaire, rendez-vous secret d’après-midi, sport japonais dit de contact, concert de rock en sous-sol, promenade sur la Marne, sinon la Seine. Bien sûr on ne supporte plus son parfum, on va tous les essayer au niveau 1 du Bon Marché où on aura au total passé la journée, c’est qui les touristes. Enfin, on témoigne d’une neuve passion pour les algues, assouvie tous les soirs aux sources agréées de YouTube. On pourra facilement, le cas échéant, soutenir, au sujet des laminaires, un mémoire approximatif et sous-documenté de niveau Licence 3 par exemple. On aura, tout ce temps, l’air de penser à autre chose, aux questions de l’entourage on répondra qu’on pense à son avenir professionnel, ce concept qu’on cherche encore autour des algues, c’est à cela qu’on pense, inutile de demander toutes les dix minutes. Arrive heureusement le jour du départ pour Molène et le train qui nous mène. Pile à l’heure à Montparnasse, le train, parlons-en.

Reine prend le rail, la route, revoit la mer. La rade de Brest l'étreint d'une émotion douce, mais on commence à s'habituer, tout l'émeut ces jours-ci. La voici sur la jetée du Conquet à s'étonner qu'il fasse beau, auprès d'elle Marin, regard inquiet, braqué sur la sortie du port, auprès d'eux deux, trois personnages dont on se fout, qui font tapisserie. Reine observe un exercice de pompiers palmés à la surface de l'eau. Les hommes du feu sont susceptibles d'aller aussi sous l'eau, en cas de noyade, en l'absence de terre-neuve, et dans cette éventualité ils s'entraînent. Immersion, émersion, immersion, ils vous donneraient l'impression que la vie amphibienne est à la portée de qui voudrait se donner la peine d'enfiler ce truc en quoi ? Latex ? Gore-Tex ? Je devrais le savoir, j'ai moi-même essayé en mer Rouge, bavarde Reine à Marin afin d'échanger des impressions, de se connaître mieux. Or Marin est là pour bosser qui, à l'approche d'une vedette rouge et blanc, déploie ses bras en sémaphore beuglant que c'est pas trop tôt. 14 h 30, sans déconner.

Voici Reine sur l'eau. Qui se fait discrète. Qui mate ma parole, et se fait une observation sur la chevelure de Marin : avec le sel, les boucles se développent au-delà du raisonnable.

— On va en venir aux choses sérieuses, lui annonce Marin, qui a le chic pour ces phrases à la con qui vous laissent entre espoir et incompréhension. L'archipel de Molène, annonce-t-il, abrite le plus grand champ d'algues d'Europe, plusieurs dizaines de milliers de tonnes, notamment les laminaires.

Il nous l'a déjà dit. Mais Reine adore le son de sa voix. Il est probable que l'on se cogne deux fois l'exposé.

— On a dit sérieuses pas chiantes, commente une voix forte, très utile pour se faire entendre sur le pont d'un vingt-cinq mètres dont le propriétaire nous tourne encore le dos (il est occupé à quelque chose, à genoux, des nœuds, peut-on conjecturer en amateurs que nous sommes). Les algues sont récoltées chaque année par une flotte de goémoniers pour les besoins des industries chimiques et alimentaires poursuit, intransigeant, l'expert.

— Les cons, ponctue le moussaillon sans qualités affichées.

— Cela nécessite d'établir, par des levés et traitements appropriés, la topographie sous-marine détaillée de la zone, afin de délimiter les substrats rocheux colonisés par les laminaires, voyez-vous. Dans un second temps l'acquisition de données de terrain permet de connaître la biomasse et de proposer un modèle prédictif.

C'est toujours Marin qui parle comme un PowerPoint, échouant toutefois à entamer son sex-appeal, inoxydablement beau.

— Formidable, émet Reine qui patauge.

— C'est pas, lui signale le moussaillon, du Victor Hugo non plus.

Petite alerte, continue le beau gosse car c'est son heure et qu'une fille bouche ouverte il est comme tout le monde, il adore ça. Petite alerte, les goémoniers constatent une baisse des stocks de *Laminaria digitata* sur leurs lieux de récolte traditionnels. On craint une ponction de plus en plus importante sur le stock plus profond de *Laminaria hyperborea.*

Reine s'en désole, se sent déjà concernée, se mettant à la place des algues, des goémoniers, de la tablette que serre Marin dans ses mains fines, sans gants.

— En gros on va racler la salade beaucoup trop profond, à la racine si vous préférez. On n'en laisse pas assez pour qu'elle se renouvelle. On va réussir à les niquer, transcrit le moussaillon que personne ne fera taire semble-t-il. Quand c'est un panda tout le monde s'affole. Enfin. Ça nous fait une sortie en bateau.

Parlons-en du bateau. Spécialisée dans l'étude de la bande côtière par faible profondeur longue d'une dizaine de mètres, la vedette Ifremer ressemble à un petit chalutier qu'on prendrait comme ça, en espadrilles, histoire de fournir en maquereaux le barbecue dominical. Plutôt que de soumettre cette appréciation tristement parisienne, Reine aurait pu parler de la force du vent, proche de zéro, ou des mouettes, quasi absentes.

— Il est pas bien mon bateau ? se vexe le moussaillon.

— Mais si, s'enfonce Reine, je veux dire, ce n'est pas la *Calypso*.

Le type inspire par le nez et l'évangélise. La *Calypso* c'était une cagette. En revanche ce à bord de quoi Reine a la chance de se trouver, c'est quasi nucléaire. Une débauche d'outils électroniques sous la coque, à peu près autant dans la cabine. Venez voir.

— Dedans ? dit Reine qui voulait bronzer sur le pont au soleil de Marin (elle en est là).

Oui dedans. Allons-y. Théorie d'écrans où s'additionnent en temps réel, sous forme de courbes et de grandes taches jaunes, roses, vertes, des colonies de données.

— C'est beau, dit Reine au risque de passer pour une cruche, encore.

— Non c'est précis.

— Ah vous êtes là, revient Marin, et Reine ne pouvant se retenir et le regrettant déjà :

— Je vous manquais ?

Non, Marin n'avait pas terminé. Il avait laissé son raisonnement en plan. Il en était resté à l'objet de cette étude qui donc vise à élaborer par modélisation une cartographie réaliste de la couverture en algues du plateau molénais et du pourtour d'Ouessant.

— Sortez, tranche le nerveux aux commandes, si c'est pour jacter, sortez.

Reine suit Marin sur le pont. Il veut encore dire autre chose, à croire qu'il ne supporte pas entre eux le vide. Il ajoute sans la regarder que ça dure un mois. On ratisse le sédiment, on échantillonne les laminaires, c'est colossal. Les moyens sont, outre humains, techniques. Deux sonars dont un interférométrique, deux sondeurs dont un monofaisceau.

— Sérieux, stop, j'ai le mal de mer l'arrête plus sérieusement la voix du moussaillon, prononçant à voix haute ce que l'on pose tout bas depuis un moment : inutile de supporter un laïus sur la logistique océanographique quand les données ne sont pas précisément éclairantes dans l'intrigue qui nous occupe.

De plus en plus clairement amoureuse l'intrigue. À voir comment le ciré de Marin s'arrange pour frôler celui de Reine, qui porte en dessous un Saint James qui sent le neuf. Et encore dessous, tout aussi neuf, le Clair de musc de Serge Lutens.

— Permettant de préparer un gélifiant, les laminaires représentent un juteux marché tenu par un unique géant de l'industrie agroalimentaire, Dalco. Doté de gros moyens pour exploiter la laminaire, Dalco possède l'unique usine de traitement des algues et affrète des bateaux pouvant contenir jusqu'à cinquante tonnes de l'or vert, je ne sais pas si tu te rends compte.

Ainsi Marin prétend, pour conclure, sensibiliser Reine au fait qu'un seul acteur capte la majorité des ressources. Bonne chance. Reine affecte de s'en émouvoir, et du tutoiement accidentel s'émeut sincèrement.

— Amène-toi ! beugle le moussaillon, on a un différentiel qui pue sur l'écran 2.

— J'arrive boss, répond au chef d'équipe son subalterne (c'est effectivement entre le mousse et lui le lien hiérarchique). Marin devant reprendre son activité rémunérée promet de reprendre également cette palpitante.

— Palpitante, confirme Reine.

Cette palpitante conversation plus tard.

Par exemple sur la rade, deux heures plus tard dans cette petite brasserie, ayant commandé un chocolat, une bière, et une complète œuf jambon fromage.

— La complète c'est pour monsieur ?

Non. La complète c'est pour madame. La bière aussi. Il va falloir s'y faire.

Reine la bouche pleine, un soupçon de jaune d'œuf à la commissure, avoue un goût déraisonnable pour les crêpes qui sautait déjà aux yeux. Vous m'en confiez des choses, sourit Marin qui n'a encore rien lâché d'intime. Ni son âge, ni sa situation familiale, que dalle.

— Vous avez des frères et sœurs ? demande-t-elle tout à trac, n'osant demander une femme.

— Non. Et vous ?

Reine fait signe qu'elle doit, avant de répondre, prendre le temps de déglutir.

— Fille unique.

Et à partir de là ça dégénère. Il dit fille gâtée, alors ? Elle dit pardon ? Elle hausse le ton, sans le vouloir elle pose un peu bruyamment sa fourchette sur le formica. Surpris, Marin ne sait pas ce qu'il a dit, il dit non mais je. Reine a ce petit geste de la main qui vaut un ta gueule. On lui a souvent dit arrête ça fait cheftaine, institutrice. Reine se redresse et s'essuie les lèvres. Voix d'aéroport, neutre, presque sévère :

— Donc on récolte trop. Mais si l'Ifremer dit que c'est bon, c'est bon ? Ça sert à ça les institutions, désolée. Et on ne peut pas avoir un bateau à soi si j'ai bien compris ? Ni son propre centre de traitement ? Il faut passer par ces gens ? On peut les rencontrer ? s'inquiète Reine qui vient de trouver des partenaires. Dans sa tête. Mais dans sa tête c'est comme sur le papier et sur le papier c'est comme si c'était fait.

Marin ne sait pas. Il travaille pour la mer, non pour son industrie. Il imagine que oui. Il voudrait revenir à la douceur de cet après-midi. Il voudrait voir les yeux paradoxaux de Reine de plus près. Voilà des heures, dit-il, qu'il cherche à déchiffrer l'inscription sur la médaille ornant la gorge de Reine. Il s'approche, elle recule. Reine affolée se lève, prétextant l'urgence d'un trait de cocaïne. Marin n'y croit pas plus que nous qui connaissons sa seule addiction, l'oxygène. Elle bouscule un serveur.

— Dov'è il bagno ?

Quand Reine perd le contrôle, ses langues en profitent.

Passant sous l'eau froide ses avant-bras jusqu'aux coudes, Reine s'enguirlande et prophétise. Tu te vois – c'est Reine qui parle à Reine – tu te vois chercher un hôtel à Brest ? Te faire choper le soir même parce que tu sentiras le gel douche caramel beurre salé ? Et même. Tu te vois trois semaines à faire l'amour dont deux mal, et après quoi ? Débandade chez lui, jalousie chez toi, un SMS à la con, ton téléphone qui charge au salon alors que tu es à la cuisine. Tu la vois la gueule de Pierre ? Reine la voit, elle le voit aussi rester. Tout plutôt que d'admettre l'imprévu. Ils reparleront, pour passer à autre chose, de l'enfant. Mais à la suite de la trahison, subiront une stérilité psychologique. Elle voit toujours plus nettement la suite. Décision bovine, arbitraire et non moins collégiale d'avancer. Stimulation hormonale, prise de poids, fécondation réussie, enfant de vieux, fatigue chronique, séparation. Elle est, sur cette conclusion, déjà de retour dans la salle.

— Vous allez où ?

Faire quelque chose du désir et de la frustration, ça ne se dit pas, ça ne s'explique pas. Ça s'encaisse.

— Au revoir. J'ai réglé. Laissez.

— Elle n'est pas bonne la complète ? se mêle un personnel foncièrement anti-citadin.

— J'ai pas de réseau, vous m'appelez un uber ?

— À Molène ? Elle est mal barrée.

Rideau. Un Marin sidéré, un chocolat froid, une complète entamée, une Reine qui ne se laisse pas aller. C'est facile, c'est un coup à prendre.

Reine reprend la route, le rail. Son voisin ne sait pas si cette femme pleure, ce peut être après tout son expression naturelle, de renifler, de s'essuyer les yeux. Il n'ose pas demander. C'est une belle femme, intimidante.

Marin adressera bien sûr quelques messages et Reine n'y répondra pas, pas plus qu'à ses sens, aux appels sourds de ses rêveries. Assez vite, Marin cessera d'émettre. Trop vite, songera Reine, la preuve que. Marin supposera dans une dernière ligne que quelque chose lui a échappé, s'excusera d'avoir imaginé que. Ça s'arrêtera là-dessus, personne ne finissant vraiment ses phrases.

Au 2 rue Vivienne, vous êtes Pierre. Vous profitez du canapé chesterfield qui chaque jour ravive votre fierté : vous avez su l'imposer ici, quand votre compagne, hermétique au charme britannique, freinait des quatre fers. Une tablette sur les genoux, vous facturez à tour de bras votre connaissance hypermnésique du Dalloz. Reine est dans la chambre où, depuis quelques jours, prétendant dévorer *The Crown* saison 2, elle gamberge, vous le savez. Vous ne savez pas à quoi. Vous regardez l'heure, vous avez une montre au poignet et, satisfait du travail accompli, vous éteignez votre écran. Elle émerge à cet instant, fébrile et le pourpre aux lèvres. Vous reconnaissez les symptômes de cette exaltation : bientôt elle déplacera des montagnes, a minima des choses. Anticipant un réaménagement du séjour, vous vous enfoncez dans le chesterfield, résolu. Elle se plante devant vous. Elle dit qu'on n'est pas obligé de vendre sa force de travail, pas tout le monde, pas elle. Et sur le ton de je déclare la guerre, elle dit je monte ma boîte. Vous l'attendiez. De ? approfondissez-vous.

— Ça s'appellera l'État Sauvage.

— Très bien. L'entreprise n'est pas une démocratie.

— On aura un drapeau, comme un État. Ce sera chez moi.

— Tu es chez toi.

— Je vais vendre des algues françaises. Fraîches. Tu sais que c'est du pétrole.

— Non, dites-vous, vous installant mieux car la projection va commencer.

— Trois étages, au moins deux, imagine Reine, criant presque. En bas, un spa. Gommage aux algues, enveloppement aux algues, soins du visage aux principes de la mer. En haut un bar à santé, des algues encore : en salade, en soupe, en jus, à emporter. Entrer là ce sera s'offrir un week-end à la mer, ça sentira les embruns, on trouvera un moyen et ça sentira exactement les embruns, ce sera unique, on ouvrira dans toutes les capitales. Alors ?

Alors il est de votre responsabilité d'interroger Reine quant à l'existence d'un concept équivalent. A-t-elle vérifié ? Attention on a vite fait d'inventer l'eau tiède. Reine voudrait savoir si vous la prenez pour une bleue, s'attendait à autre chose. Elle continue. Elle déclinera ensuite le concept avec le corail et toutes les découvertes du monde sous-marin, car des gens découvrent en ce moment même, Pierre, et nous qu'est-ce qu'on fait là ?

Rien, admettez-vous sans aucune amertume. Vous n'avez jamais eu spécialement envie de changer le monde, c'est risqué, vous préférez en profiter tel qu'il est. Le monde est encore beau dans certains endroits, bon à certaines tables, passionnant auprès de certaines personnes, surtout Reine. Vous recherchez ces lieux, ces tables, quant à Reine vous l'avez. Vous êtes bien comme ça.

— C'est infini, dit-elle. C'est la mer. T'en penses quoi ?

Que Reine entreprenne est pour vous une évidence, vous lui dites. Vous répétez, calme-toi. Vous lui demandez trop souvent qu'elle se calme, vous devriez vous pencher là-dessus.

— Mais l'idée t'en penses quoi ?

Vous êtes un garçon honnête. Franchement les algues, vous ne sauriez dire si c'est débile ou génial. Cela valant pour tant de choses, nuancez-vous, qui ont révélé leur potentiel avec le temps. L'électricité, par exemple, on pensait que ce serait un fiasco. Vous faites de l'esprit, vous ne savez pas vraiment ce qu'elle veut entendre.

— Au pire je me plante, ça sera pas mes sous ? envisage Reine citant opportunément sa formation en école de commerce dont elle n'a rien gardé, sinon deux choses. La conviction que la planète regorge d'investisseurs que trop peu de gens dérangent. La certitude que l'argent est quelque part et ne demande qu'à circuler. Ce qui, à bien y regarder, n'en fait qu'une.

Vous la connaissez : elle voit déjà soixante investisseurs à la porte. Vous regrettez par-devers vous qu'Armand n'ait pas eu à intervenir. Armand peine à faire émerger un business model et pour cause, les jeunes gens se reconvertissent trop vite aujourd'hui, sans méthode. Deux séances de kinésiologie, trois jours chez leur mère et ils savent à nouveau quoi devenir, c'est désolant. Avec un cas comme Reine, structuré, réflexif, légèrement masochiste, il aurait eu beaucoup de matière et ensuite pas mal de recommandations. Enfin tant pis.

Reine, mécanisée d'un feutre sorti d'on ne sait où, schématise à même la vitre du salon le concept qu'elle vient de pondre.

— T'es folle !

— T'inquiète ça part à l'Ajax, c'est pour que tu comprennes.

Vous souriez. Voici que c'est elle qui vous fait cours, c'est le monde à l'envers.

Car vous l'avez rencontrée comme ça votre femme, à l'école, en usant de votre magistère, c'est du propre. Hec, automne 2006. Intervenant extérieur, chargé de la majeure Stratégie juridique en entreprise, vous peinez à articuler fiscalité et management. Vous n'êtes pas assez vieux, pas assez charismatique, pas beaucoup plus renseigné que votre public. Votre bagnole garée n'importe où sur le campus de Jouy-en-Josas est exposée à toutes les avanies et vous y pensez trop. Il y a sûrement sur le parking des cancres avec des bombes d'acrylique, des clés, des choses à vous reprocher. Et mine de rien Jouy c'est la banlieue. On vous a dit si tu paniques, imagine un élève à poil, n'importe lequel. Votre regard s'arrête sur Reine, ses yeux antagonistes vous clouent sur place avant même que votre imagination n'ait à intervenir. Le contact visuel dure au-delà des convenances, vingt secondes au moins. Vingt secondes dans un contexte pédagogique et dans le cadre d'une relation enseignant-enseigné, c'est une éternité remarquable et la grande gueule de service (Cyril d'après vos souvenirs) ne vous rate pas. Voilà ! s'exclame-t-il, Reine va valider la majeure Stratégie juridique sans rien faire et sans sortir de son lit. Et de prendre les paris à dix contre un : Reine sucera-t-elle pour une majeure coef 4,5 ? Elle ne relève pas, vous êtes mort de honte, vous ne savez pas à quel point vous lui plaisez. Après quoi, vous interdisant de songer à une étudiante, vous cherchez à vous éteindre dans la lecture.

C'est alors que vous découvrez Philip Roth, ça n'éteint rien du tout, c'est pire.

Pendant ce temps, elle profite de l'énergie singulière qu'on déploie dans l'excitation pour atteindre des sommets à chaque examen. Elle vous l'avouera plus tard en ces termes, vous étiez sa carotte. Le semestre va sur sa fin, il doit s'achever sur un *business game*, car il s'agit pour vous de préparer ces jeunes au réel, du moins à l'idée qu'on s'en fait, sans trop les ennuyer non plus. À partir du cas de fusion-acquisition Time Warner-AOL élaborez, sous-entendu pour de faux, l'ingénierie fiscale soutenant la même opération aujourd'hui avec des acteurs équivalents. Que des contraintes, des limites, des textes en corps 8, un plan social, des calculs à refaire, des prises de tête, un vaincu, un vainqueur, mais on n'est pas là pour répondre à la consigne. Le *business game* exigeant qu'on se rassemble par groupes de trois, Reine vous choisit. Elle s'écrie « Pierre », sans gêne. Et sans plus s'inquiéter d'un troisième individu susceptible de constituer un témoin bavard, elle traverse la salle et se saisissant de votre manche vous entraîne obliquement dehors. Devant la porte :

— Vous avez une voiture ?

Apprenant que oui, une Volvo, elle dit on y va, je ne sais pas vous monsieur, mais moi j'en peux plus. Pour évoquer la scène suivante, intérieur jour habitacle de la Volvo, quelques termes suffisent à rafraîchir votre mémoire sensorielle : boutons de chemise, peau, vapeur, vitres, siège passager, banquette arrière pour davantage de confort, légère oscillation d'un châssis ou deux, temps mort. Est-ce qu'elle avait l'heure, est-ce que vous aviez une cigarette car on peut échanger, désormais, autre chose que des fluides corporels.

Et encore plus tard, la scène a pour décor une brasserie rive gauche, mais toujours pas de témoin, sinon un canard aux figues pour deux que personne ne touche. Reine veut savoir, ça fait deux semaines, serez-vous plus tard disposé à concevoir un enfant ? On n'est pas là pour perdre son temps, on s'imagine toujours que dure la jeunesse. Vous agréez et pour l'en convaincre vous projetez dans la parentalité en quelques chiffres, notamment ceux relatifs au coût d'une employée à domicile sur dix-huit mois. C'est important. Vous savez que Reine, qui fera une mère fantastique, n'est pas pour autant destinée aux nuits démontées, à la stérilisation des biberons. Vous savez parler aux femmes de cette génération. Carte des desserts. Reine qui d'émotion n'a plus faim.

Le lendemain même, une autre brasserie, elle vous présente Étienne et c'est vous faire une déclaration d'amour. Étienne, c'est la famille. Il dit salut, levant à peine les yeux d'une publication qui le fait à l'époque rire aux larmes. À savoir, édité par *Le Figaro étudiant*, « Grand oral de l'Ena : testez-vous ». Perspicace, vous pensez ce jour-là qu'il ne vous aimera pas.

Reine a terminé son schéma, il occulte la baie vitrée. Cercles, et tracés en boucle. On sent, dites-vous, la fille qui change de cycle. Des pictogrammes indiquent les sources de financement, des flèches les renvoient vers un cercle, au centre duquel le symbole dollar évoque l'ensemble des capitaux.

— La petite maison c'est pour dire quoi ?

— C'est les parents.

— Me dis pas que tu veux taper les tiens ? riez-vous d'avance.

— Ben quoi ? Ben si.

— Et pourquoi t'as dessiné un clocher ?

— Pour penser à brûler des cierges. À saint Victorien, patron des commerçants.

— Hein ?

— C'est pas un clocher. C'est une banque.

Vous regardez Reine. Ses mèches blondes ensauvagées qui transgressent la sphère du chignon lui vont bien. Vous revenez au gribouillis. Vous convenez que le plus gros du chemin est fait : celui que doit parcourir l'esprit pour aller du noir à l'idée.

— Je vais nager, dit Reine.

Mornes paysages du 27. À la place du mort d'une voiture électrique louée à l'heure, Étienne. Au volant, Reine qui attend qu'on la félicite. Le véhicule entre dans un lotissement pavillonnaire, le regard du passager s'emplit depuis un moment d'une buée de consternation.

— C'est pour ça que j'ai renoncé à l'élection tu vois. L'idée de ratisser cette France en bottes avec des tracts, Seigneur.

En effet depuis qu'Étienne a échappé à la condition sociale de ses parents il ne quitte plus Paris. Accroché au 8e arrondissement comme une moule à son rocher, il redoute tel Orphée se retournant sur Eurydice de dégringoler à nouveau, ce qui fait beaucoup de métaphores. Penser qu'Étienne manque cruellement d'horizon, c'est ignorer l'étendue de celui qu'il contemple, jour et nuit. H 24. Y compris à travers le pare-brise de la bagnole, comme tous les vrais obsessionnels.

— Tu sais qu'il a toujours rien dit sur sa succession, Lancel ? S'il compte sur moi j'aimerais bien le savoir, j'ai des offres !

— Ah bon ?

— Non. Je note que tu m'as rien proposé dans ta poissonnerie. Tu crois qu'ils auront fait accorder le piano ?

Reine soupire, éteint le moteur car c'est là. Ouvrant la portière, elle rappelle à Étienne le motif de sa présence : l'impossibilité pour Reine de se trouver au nombre de trois chez ses parents. Trois plus le vide, impossible. Trois plus Étienne, ça passe. Évite de jouer du piano, sauf si on te le demande.

Espoir du tennis 1962, membre d'honneur Interallié, prix de l'Orateur 1979, un machin de voile plus récent, rectangulaire. Étienne applique des traces de doigts sur les trophées du Reine Père, s'interrogeant sur le mérite récompensé par cet écureuil en verre. Aucune inscription ni dessus ni dessous. On va le lui demander, il arrive.

— C'était où la vaisselle là, avant ?

— Dans mon bureau. Où tu veux que ce soit, dans un carton ?

— Oui, consent Étienne.

— Pose ça, c'est du baccarat. Elle va se lever, il est 15 heures, signale encore le maître des lieux, laissant envisager le caractère ordinaire et quotidien d'une situation que d'aucuns jugeraient désespérante. Alors tu en es où, mon petit ?

Étienne dépeint sa délicate position de numéro deux d'un type qui conçoit le comex comme un bassin d'Aqualand. Ils sont huit dans le vivier à penser légitimement être le meilleur dauphin, huit, ils se sont comptés lundi dernier. Après quoi s'étant, pour oublier, laissés aller à un rhum charrette dans un endroit nommé El Cubano, ils se sentent désormais proches. C'est pire.

Dès lors qu'on parle affaires publiques le Reine Père,

Bernard de son prénom, le prend pour lui. Rangé des camions depuis vingt-deux mois, il ne s'y fait pas :

— Comment ça succession ? Il n'est pas si vieux Lancel, à peine plus jeune que moi. Moi aussi tu m'enterres ?

Rire discret de petit con, entre la toux et la surprise.

— Rigole. T'es pas arrivé. Il connaît beaucoup de gens à Bercy, Lancel.

— Vivants ?

— Reine ? Descends ! Je déteste quand elle fait ça, nous laisser ensemble. Un jour ça va mal finir, s'amuse (ou pas) Bernard.

Reine est montée à l'étage, a ouvert une porte sur une chambre sobrement meublée. Un fauteuil médical inoccupé dont le dossier évoque un appareillage des années 90. Elle s'assoit. Elle se repose. Elle respire. Elle dépose. La voici à quatorze ans, assise en face de sa sœur, caressant les joues blanchies de Nathalie. La sensation d'une feuille de cellophane. Elle applique sur le visage qui déjà s'évapore un masque d'aloe et d'huile d'argan. Ça ne sert à rien, souffle Nathalie, ma peau c'est du papier. Elle préfère que Reine la maquille, fonce les pommettes, passe sur ses paupières un pinceau lourd de pigment bleu. Toi t'es belle, t'en auras jamais besoin, moi je disparais, mets-moi du rouge. N'aie pas peur. Reine exécute dans l'air ce geste ancien, d'amour et de peintre, elle dessine de mémoire le visage de sa sœur. Elle le voit. Elle se sent mieux, presque bien. Elle peut affronter le rez-de-chaussée.

En bas, Bernard pense que T. a obtenu ce poste au siège à Paris en 1988 uniquement du fait de Rocard, et du classement de T. à X-Mines. Il parle à Étienne d'un temps où les X-Télécom n'étaient bons qu'à faire des numéros trois, des patrons de province. On ne saura pas la fin de l'histoire, car voici Reine qui l'a trop souvent entendue. Elle veut savoir si elle va se montrer. Si on la réveille ou pas.

— Voilà, voilà émet une robe de chambre surmontée d'une mise en plis fatiguée. Il m'a changé de molécule, du coup je ne sais pas. Je suis dans le coton. J'ai quoi comme tête ?

— Accueillante, dit Reine, équilibrée.

— Ne prends pas tes airs, Nadège.

Regard vide de Reine qui dérive vers un portrait argentique. C'est elle, sur la photo, avec Nathalie. À l'époque où son aînée l'avait rebaptisée. Nadège qu'est-ce que tu veux faire avec un blase pareil, ils m'ont appelée Nathalie, total j'ai la sclérose en plaques. Tu t'appelles Reine et tu vas aller loin. De Nathalie, Reine garde un prénom, une consigne, un poids que nul n'évalue.

La Reine Mère tend sa main à Étienne sans le regarder. À Étienne prend l'envie d'y poser les lèvres. Étienne c'est avant tout une fâcheuse tendance à vouloir coller de la vieille France un peu partout. Pour lui, vieille France, c'est pop.

— C'est qui ce guignol, Nadège ?

— Ben c'est moi.

— Ah c'est vous mon petit ! Eh bien dites-le. Vous avez minci. Un clou. Ça va alors ?

Reine invitant sa mère à finir son cirque évoque son projet. Des algues, un concept global, une boutique, un institut, un bar à santé. Elle extrait de son sac un document relié de vingt pages. On ne demande pas quand elle a rédigé ce truc, on la connaît. Réactions contrastées. Stupéfaction du Reine Père. Elle était en sécurité, elle allait finir avec une direction opérationnelle adjointe, sans parler de la convention collective du groupe, est-elle folle ? Pierre, désespère-t-il, te laisse faire ça ? Contraction ricanante de la Reine Mère estimant qu'à ce stade elle attendrait davantage un retour sur investissement plutôt que de remettre au pot. Manifestation chez la même d'un désir de Martini. Toux accompagnée d'écoulement nasal chez Étienne du fait de la présence à ce moment révélée d'un lapin angora que l'énarque prend pour lui : veut-on qu'il s'étouffe ? Et balançant à Bernard ce qui lui vient (dans chaque ami t'attend la moitié d'un traître), il sort de scène. Quittant le salon dans son sillage, la Reine Mère veut apporter une précision, le lapin angora est très propre, il va dans la litière. Comme si ça changeait quelque chose à son potentiel allergène. Silence du Reine Père. Retour de la Reine Mère, nantie d'un Martini.

— Zéro, dit-elle. Ne l'ayant jamais fait, elle pense que trouver de l'argent c'est une question de chance et Reine, selon elle, en a trop. Hochement continu du chef de Bernard. Il propose, afin qu'elle ne reparte pas les mains vides, une idée en or. Soupir de Reine. Souvenir cuisant de ses dix-huit ans : un dictionnaire, des conseils et pas de bougies. Les dernières de la maison avaient été soufflées par Nathalie, on ne pouvait plus. Rire irruptif d'Étienne, s'il était resté. S'il n'était dans la voiture électrique depuis trente minutes, hésitant à klaxonner puis n'hésitant plus car lui non plus n'appartient pas à la France qui hésite (présidentielle, avril 2017).

Reine ouvre la portière, le somme d'arrêter ce bordel, s'installe, démarre et roulant sur un massif de bégonias, expose l'idée en or de Bernard : l'héritier Dubosc.

— Les emballages ?

Lui-même. Ce garçon voudrait, d'après Bernard, investir. Ils se connaissent, leurs parents se connaissaient, il a des fonds, Reine a des idées pour les multiplier. Ou les perdre. On verra, ce sera une surprise. Pour le reste, les parents c'est des cons, empaillés dans le deuil et la rancune, dit Reine en pleurant.

— Si tu veux pleurer au volant tu me déposes. Déjà que tu vois mal de nuit.

Si Étienne abandonnait le second degré il ne resterait rien du tout petit gars bouboule qui parlait trop, se défendait avec les mots, tenait comme il pouvait.

— Le traître dans l'ami il l'a pris au sérieux, le pauvre. C'est de qui ?

— Rivarol. Elle est mauvaise. C'est la seule que j'arrive à placer de tout ce que j'ai appris.

Reine sur le volant imite le geste qu'on fait pour placer le diamant sur le sillon d'un disque vinyle. Elle mime la rotation du disque, suggérant que ce disque on le connaît par cœur.

— Mais si. J'ai trente-huit ans et qu'est-ce que je fais de ma vie ? Qu'est-ce que je fais pendant que le président guérit des écrouelles ?

— Tu vas t'en remettre du président ?

— On était dans la même promo. Pourquoi pas moi ? Pourquoi j'y ai pas pensé ?

Étienne ne voit sincèrement pas la différence entre lui et

l'élu. C'est fantastique, songe Reine comme elle le pense. Elle suggère à Étienne, pour patienter, de passer le permis. Typiquement, là, il pourrait prendre le volant, elle pourrait récupérer sur la banquette arrière.

— Tu crois ? Tu crois vraiment que je suis destiné à conduire ?

— Au fond non, dit-elle pour le placer sur la piste, tout en douceur.

Vainement. Étienne s'énerve et le tableau de bord en PVC absorbe les coups. Avec 40 000 chauffeurs de profession dans Paris, 30 000 véhicules agréés sans compter les taxis braconniers, avec ce que sa formation a coûté à l'État, il doute que l'État attende de lui qu'il poireaute place de l'Étoile avec les autres cons. Mais très bien. Il va y aller, faire du surplace autour de l'Arc. Comme ça, en attendant, tout le monde pourra devenir P-DG ou prendre l'Élysée par surprise.

— Ça va venir.

— Tu penses. Il est increvable, Lancel. T'as un stylo ?

— Tu fais quoi ? Tu te balades avec ton chéquier, toi ?

— Ben oui comme ça, boum, ça sera pas une journée foutue. Moi j'y crois.

— T'as vraiment 30 000 € à mettre là ?

— Regarde la route. Je sais pas. On verra bien quand tu déposeras le chèque.

Il ajoute qu'il y a des chances. Il ne dépense que rarement son propre argent. Et Étienne de fourrer le papier dans la poche-poitrine de Reine, sans s'émouvoir une seconde de la chaleur ronde qui accueille son geste. Que Reine ne le remercie pas si haut, elle ne va pas aller loin avec 30 000 balles.

— Je sais dit Reine, j'ai pensé à quelqu'un. Un vrai riche. Cyril Diamant-Du Trevic, tu vois ou pas ?

Cyril Diamant-Du Trevic, Étienne le connaît par la rumeur, pour sa coupe au bol et ses dents magnifiques vues dans *Challenges*.

— C'est pas un crétin ? D'où tu le sors ?

Reine le connaît-elle, pour la chaise vide qu'il a laissée pendant trois ans dans les amphithéâtres d'Hec. Tandis que d'autres apprenaient à vendre des cravates et encore, Cyril Diamant-Du Trevic, même pas complètement breton, préparait sa première levée de fonds pour une affaire de crêperie. Les levées depuis on ne les compte plus, ni davantage les établissements crêpiers. C'est quelque chose comme une crêperie par arrondissement.

— Quand tu sais avec quoi on fait de la pâte à crêpes, cet âne, regrette Étienne, doit marger comme un cochon.

Et de réfléchir, à voix haute, à une taxe sur les crêperies s'il était à Bercy.

— Allô ? T'en penses quoi ?

— On dit que c'est pas dégueulasse.

— Je te propose pas d'y dîner. Je vais lui demander d'investir.

— Ah ouais ? Je le sens pas moi. C'est un dingue. Barberian le connaît, ils chassent ensemble. Tu veux savoir ce qu'il raconte ?

— Bof.

Eh ben si. C'est ça ou écouter la radio. Considère, énonce Étienne, que c'est Barberian qui raconte. C'était l'an dernier, lors d'une chasse en Sologne, invité par Lancel. Comme quoi Lancel a ses chouchous mais passons. Il y avait aussi le ministre. Cyril avait entendu la consigne comme tout le monde : on ne tire que les cerfs coiffés, pas les jeunes. C'était une année, précise Étienne citant toujours Barberian, où l'on avait besoin pour renouveler la population de protéger les petits.

— Tu sais, moi, la chasse.

Étienne s'énerve. On ne parle pas de chasse là, on parle du comportement d'un type, si Reine veut bien être attentive. Une demi-heure après, qu'est-ce qu'il avait fait Cyril machin chose ? Un doublé de faons, rien à foutre.

— Et ? dit Reine qui n'a pas vraiment suivi, qui cherche son ticket, anticipe le péage. T'as pas 2,70 € ? Pas en chèque ?

— Laisse tomber, bâille Étienne ajoutant qu'il n'a pas dormi. À cause de quelqu'un qui n'en valait pas la peine en plus, un égoïste. Si je m'endors, tu me réveilles pas d'accord ?

— Je peux te parler d'un truc puisque t'en parles ?

— Je dors. J'entends rien.

En franchissant la porte Maillot, Étienne finissait d'apprendre qui était Marin pour ce qu'en savait Reine, un mystère. Un chercheur. En puissance quelqu'un qui trouvait. Un homme immense, océanique.

— Enfin je dis n'importe quoi. Je suis maquée. Il doit l'être aussi.

— On est à Paris, personne n'est maqué. C'est pas la question. Ou alors c'est une question de morale et c'est pareil. Ça se pose pas à Paris. Pas ouvertement.

— Merci, ça m'aide.

— Si c'est que pour coucher, couche avec Lancel. Comme ça tu lui parles de moi. Ou tu l'étouffes ?

— Ah ben oui.

— Bah voilà.

C'est un Pierre de nouveau absorbé dans la lecture qu'on retrouve sur le canapé chesterfield dont on va devoir se débarrasser. C'est vrai qu'il prend toute la place. Pierre parcourt le projet de Reine dûment imprimé sur vélin 180 grammes pour des investisseurs qui ne connaissent pas encore leur bonheur. Reine étudie en page 2 le marché du monoproduit, prenant l'exemple du saumon, du caviar, du sans gluten. En page 12, Reine commente la cible : les clients du luxe en ont jusque-là d'acheter de la maroquinerie reptilienne. Les bijoux sont tristes et les palaces pas si nombreux. Mais les clients du luxe mangent tous les jours, nourrissent le culte de la santé, du beau, de la rareté, ne demandent qu'à acquérir un instant quelque chose d'un peu précieux, ne serait-ce que pour tuer le temps. Trouvons-leur quoi. D'où, fragile, instable, essentiellement utile à l'invisible (oxygénation, antioxydation, désinfection, hydratation) : l'algue fraîche. Par extension, la mer.

— Alors ? s'inquiète Reine, c'est clair ?

— Très. C'est qui Marin Vanzee ?

Reine impassible. Pas trace de cet affolement qui défigure les femmes apprenant qu'on a regardé dans leur téléphone.

Et pour cause, le nom de Marin Vanzee est écrit en toute transparence page 6. C'est important la transparence, faire les choses frontalement, balancer les infos. C'est très « Y », très générationnel, aurait aimé Élisabeth dont il faudra qu'on reprenne des nouvelles. Une Reine cristalline justifie le nom de Marin Vanzee par ce qu'il est. Une référence. Les prestations, les produits seront labellisés par une caution scientifique, et des scientifiques de l'algue, il n'en court pas le pavé. On a Marin Vanzee et qui ? Tu vois, tu ne sais pas. Bien sûr sous réserve qu'il accepte. Mais caution ce n'est pas un job tuant, la vérité c'est qu'on ne vous demande rien.

Reine peut enfin parler avec une exaltation contenue depuis trois mois des vues de Marin, de ce que Marin a compris de la mer et de son temps, de ce petit quelque chose qu'il a, et qui devrait, elle ne saurait dire pourquoi, rassurer l'investisseur.

— C'est une idée comme ça, ferme-t-elle, on m'a beaucoup parlé de ce type, c'est tout.

Pierre n'est pas assez attentif pour déchiffrer. Il suppose qu'on lui parle d'un mec qui tripote des algues, point. Il a faim de toute façon, alors on va dîner. Il a préparé pour Reine un civet de lapin. Lui n'en prendra pas. Il fait la gueule ? Absolument pas. Le lapin participe des alicaments chez les individus porteurs du groupe sanguin B +. C'est le cas de Reine. Pierre a préparé pour lui un plat de légumineuse car il appartient au groupe A et pour eux le lapin c'est toxique. C'est une alimentation qui prévient le cancer, l'embonpoint et les troubles hormonaux. C'est surtout une étonnante prise de tête. Mais enfin, Pierre s'en charge.

Bref signal sonore émanant de l'Androïd blanc et or de

Reine, présentement en charge au salon. Pierre, plus proche de la prise, s'apprête pour être utile à lire le message. Tressaillement de Reine qui n'a rien à se reprocher. C'est Cyril, le type des crêpes. Il écrit demain sinon jamais car il part pour NYC et au retour d'NYC il aura oublié ou changé d'avis.

— Pourquoi il te parle comme ça ce connard ?

— C'est un genre qu'il se donne. C'est la mode. Tu dis la vérité. Tu gagnes du temps.

Ce n'est que la moitié de l'explication, ou alors Reine a totalement oublié que ce connard a été amoureux. Comme pas mal d'autres à l'époque où Reine a commencé à se distinguer, devenir jolie. Assez tard. Trop tard en tout cas pour en faire une vocation. Le charme lui est tombé dessus vers vingt-deux ans, du jour où elle s'est laissé pousser les cheveux, a décidé de dévoiler une taille et des jambes nouvellement filiformes, à la suite d'une intoxication alimentaire. Auparavant, un surplus adipeux convergeant vers le bassin et le visage dans une répartition curieuse évitant soigneusement le buste lui conférait ce morphotype qu'on qualifie de poupin pour ne pas dire potelé. Jolie à vingt-deux ans, elle avait eu auparavant le temps de concevoir un autre avenir que femme de riche, pour compenser intellectuellement un supposé déficit physique. Bref, c'est emplie d'assurance et au pas de charge que le lendemain matin elle s'en va séduire, pour la première fois pense-t-elle, Cyril DD.

Bureau de palissandre et, derrière, Cyril. Dans sa bouche, cet émail ahurissant dont on fait aussi les salles de bains. Devant lui, Reine. Sur elle, retour de la chemise bleue Alain Figaret à peine augmentée d'une jupe, courte et ma foi en cuir ou tout comme. C'est du daim. Tout cela joliment éclairé. Cyril a récupéré des lampes de l'ancienne bibliothèque Richelieu.

— Comment t'as fait ?

— Comme le reste. J'ai dit que je les voulais.

Il détaille de son vis-à-vis la tenue.

— Intello en haut, cochon en bas, commente Cyril qui pense qu'un dirigeant est quelqu'un qui se permet tout. Je te fais visiter le siège ?

Et d'un ample moulinet des deux bras, déplaçant des masses d'air de haut en bas, il ajoute, sans rire : c'est d'ici que je dirige la holding. Viens on visite.

Déambulation. Reine d'abord et Cyril à sa suite, ainsi peut-il apprécier ses mollets au nom du respect de l'étiquette. Arrivée dans une pièce aux dimensions de salle de bal.

— Ici on faisait des réunions mais maintenant on fait du sport. Et des réunions.

Et de se distribuer, lui et Reine, de part et d'autre d'une table de ping-pong.

— C'est très compliqué, introduit-il, l'entreprise. La concurrence. La réglementation, tu vas rien comprendre.

— Toi t'as compris ? Bon.

Reine soulève une raquette et au sujet de l'équipement sportif interroge. C'est pas un peu trop ? Un peu trop littéral ?

— La fille, elle déboule avec quatre centimètres de jupe et c'est moi qui suis littéral.

Et l'hôte de faire rebondir une balle sur le kevlar. Encore un garçon agaçant. Reine croise les jambes : inutile d'en faire plus, elle sait que c'est gagné. Elle connaît ce regard de joueur, les coudes enfoncés sur la table et le corps arqué vers l'interlocuteur. Il n'attendait que ça.

— Alors madame mon œil dit merde à l'autre ? Qu'est-ce que je peux faire pour toi ?

Deux heures plus tard, Cyril, en s'associant à hauteur d'un demi-million d'euros, avait viabilisé un potentiel concurrent dans le commerce de la Bretagne et gagné la certitude naïve de coucher avec. Reine s'amusait déjà de ce malentendu avec 500 000 € en prime. Naissance d'une femme d'affaires.

Au titre d'associé, Cyril se ferait, assurait-il, discret. L'univers de la beauté ne l'intéressait pas plus que ça. Il se chargerait cependant de contacter l'usine Dalco, extraction d'algues, située au Conquet, Finistère.

— Je connais, dit Reine, j'ai bossé.

Lui non mais sa mère, Marie-Ange Du Trevic, siège à leur conseil d'administration. Il obtiendra un meilleur deal. Il souhaite que Reine l'accompagne mais Reine n'a pas spécialement envie d'une virée en province avec Cyril.

Reine sautille sur le trottoir, une gamine. À ce point ravie qu'elle s'offre une religieuse au café et le temps de contempler la Seine, à l'endroit où elle caresse les piles du pont Alexandre III. Ça commence bien. Et il n'est que 11 heures. Reste à rencontrer l'héritier Dubosc qui ne demandera que ça, s'amuser un peu, ces mecs-là sont tous des nostalgiques du Monopoly. Après quoi, on aura presque bouclé le tour de table, on s'évitera le fonds activiste, s'y voit déjà Reine, veau, vache, cochon. Reine au pot-au-lait cherche dans le ciel son étoile, pour dire merci. Un enfant l'observe et dit madame t'as du gâteau sur la figure. C'est vrai, Reine s'est tartiné de la crème sur le nez.

Passons vite sur l'entrevue rue de Lisbonne, avec l'héritier Dubosc qui dira non. L'argent de ses aïeuls ne lui appartient pas vraiment. Ce n'est pas de l'argent ordinaire, pas celui auquel pense Reine, il s'agit d'un argent noble qu'on ne saurait parier sur la réussite d'une gamine surexcitée. Il le dit d'autant plus tranquillement qu'il ne le pense pas. Il pense que Reine ira loin. Mais pas avec ses sous, c'est tout. Il se fait par anticipation l'écho du conseil d'administration, son cousin, son oncle, ses sœurs dont se compose l'actionnariat familial. Il n'a pas encore pris le pouvoir. Ce n'est pas faute d'essayer, de tenter des approches.

— Le poison ? dit Reine qui fréquente beaucoup trop Étienne.

— Oui, non, bof… Le style florentin c'est daté.

L'héritier, c'est un comble, semble désolé de sa condition. Et Reine, n'ayant plus rien à perdre, le lui dit. Soupir douloureux de l'intéressé. Il avait pensé en effet échapper à cette croix en se distinguant dans les courses hippiques. Et puis on l'avait rattrapé par les sentiments, une fois le patriarche subclaqué.

— Ils m'ont eu, résume-t-il, sur l'argument du nom. C'est important pour le client le nom, c'est important pour incarner. Mais enfin merde, se laisse aller Dubosc fils, ce n'est pas donné à tout le monde d'incarner. Si ?

— Ah non.

Pour tenir trente minutes (moins c'est infamant), Reine parle de la scolarisation des enfants. Le lycée Stanislas n'étant plus ce qu'il fut niveau sélection, les petits Dubosc sont cette année scolarisés à Londres.

— L'uniforme, l'effacement des clivages sociaux se croit obligé de préciser Dubosc, c'est important.

— On le dit, participe Reine, heurtant la porcelaine de Sèvres avec sa petite cuillère.

L'héritier faisant de même, ça devient symphonique. Ça finit par s'entendre que l'on n'a plus rien à se dire. Dubosc souhaite à Reine de s'amuser. Il est contrit, il est sincère, encore une fois il ne gouverne pas. À titre d'espoir, il retient qu'en Angleterre Élisabeth II a poireauté aussi pendant un moment. En attendant, il apprend son rôle. La présence, le charisme, la voix c'est passionnant. On est en mai, il se souhaite de gagner du terrain et de revoir Reine au sommet de la gloire au printemps prochain. Il le sent. S'il n'a pas la gueule de son père, du moins se reconnaît-il du nez. Dubosc n'est pas inquiet pour Reine, elle arrive au bon moment.

— Il y a beaucoup de capitaux. Trop. Il y a davantage de capitaux que de concepts à financer, d'idées à vendre. On lève des fonds, on lève, on lève, poursuit-il songeur, on rachète trop cher des concepts immatures et personnellement je ne vois pas où l'on va.

— D'accord. J'arrive au bon moment parce qu'on peut trouver des fonds pour tout et n'importe quoi, y compris pour mon idée de merde ? C'est ça ? pourrait bien s'emballer Reine.

Il ne dit pas cela, mon Dieu. Il donne pour le prouver le contact d'un fonds d'investissement, deux types qui s'intéressent moins à l'argent qu'aux gens qui savent faire de l'argent, croyez-moi c'est assez différent. Deux types bien en plus. On manque de types bien. Voilà ça fait deux 06, c'est déjà ça. Reine remercie, elle va les mettre dans sa pochette à conseils et à 06, avec les autres. Mais elle a déjà rendez-vous avec le fonds You Invest, elle n'a pas attendu pour avancer.

— Connais pas. Qui d'autre ?

— Cyril Diamant-Du Trevic.

Émoi de Dubosc. Diamant-Du Trevic c'est personne, c'est moins que rien. Si Reine veut bien entendre une anecdote. Un numéro, un thé, une anecdote, c'est Noël songe Reine qui se rassoit.

C'était au printemps dernier, a déjà commencé Dubosc, en Touraine. Une chasse au petit. Il faut savoir qu'on tire en l'air, c'est la règle, quand l'oiseau vous passe au-dessus. C'est pas vrai mais qu'est-ce qu'ils ont tous, voudrait enfin savoir Reine, avec la chasse. Ayant manqué un vol de perdrix au premier coup, Diamant-Du Trevic a aussitôt tiré le second à l'horizontale, devant lui.

— Dans le dos de la perdrix quoi ? Oui c'est bien son genre.

— Pas dans le dos de la perdrix. À hauteur d'homme. Sa balle a sifflé à ça du rabatteur, il a blessé un chien. Un con. Un con dangereux. La fédération ne lui a pas retiré son permis mais il n'est plus d'aucune chasse. Notez-le.

— Et il l'a eu l'oiseau ? attend Reine, décidément rétive à la parabole. À la fin ?

Une assistante hors d'âge entre à ce moment fusiller Reine du regard et prévenir monsieur : le cours devrait avoir commencé, le maître attend. Reine disparaît. Dans l'antichambre elle est sûre d'avoir croisé Francis Huster.

Un sprinteur, parti au quart de tour pour un cent mètres, comprend qu'il court en réalité un marathon. Voilà plus ou moins ce qu'éprouve Reine en quittant la rue de Lisbonne. Elle ira refroidir sa colère dans la première piscine venue, Jacqueline-Auriol, qui présente l'avantage d'être pleine et équipée à l'entrée d'un distributeur de maillots.

— Merci papa pour l'idée Dubosc, enguirlande-t-elle son père au téléphone entre le pédiluve et le plongeoir.

Bernard invite Reine à cesser de se plaindre avec la chance qu'elle a dans cette vie. C'est à l'obstacle, ma fille, qu'on reconnaît le cavalier.

— C'est pas un obstacle c'est un cul-de-sac.

— J'ai mis le haut-parleur.

— C'est maman, Nadège. T'en avais besoin. Tu serais capable de croire que c'est facile.

— Maman a raison. Les choses qui te tombent directement dans le bec tu sais… moi personne ne m'a

Reine pose le téléphone sur la margelle et c'est au carrelage que Bernard confiera qu'en 91, quand il a voulu prendre le directoire de Fram Telecom et que K., au motif qu'il était passé chez Anne Sinclair comme excuse-moi le premier Tapie venu, s'était permis de dire que allô ? allô ? Ah ma petite fille le coup du tunnel c'est moi qui l'ai inventé !

Si ce n'est pas lui c'est l'un des siens. Ils ont tout fait.

Dans le cadre du marathon, disons à mi-parcours, Reine a rendez-vous chez You Invest, avec trois personnes. Dont une femme, se surprend-elle à s'étonner. On est reçu dans une pièce de verre, tout est en verre, les chaises aussi ou presque. Du couloir, on n'entend pas, c'est du verre insonorisé, mais rien n'interdit de regarder. On suppose que You Invest n'est pas contre une association, à voir le sourire qui fend d'abord la face de Reine. On imagine qu'on évoque des conditions prédatives, à voir se défaire en une seconde le même visage de Reine. On présume que la balle est dans son camp à voir les trois personnes dont une femme secouer non sans fermeté le bras raide d'une Reine crispée. C'est terminé. Retour du son sur le trottoir.

— Les enculés ! s'écrie Reine, personne ne se retourne sauf un chien, on est à Paris. Les enculés, répète-t-elle plus bas, songeant qu'à leur place elle aurait sûrement fait pareil. Et qu'à la sienne on ferait mieux de rencontrer les deux types « bien » de Warm Capital.

Avec un nom pareil on ne sait absolument pas à quoi s'attendre, un sec transfuge de la City serré dans un costume sous-taillé ou un filou méridional qui placera incidemment avoir, entre autres faits d'armes et dans une précédente vie, vendu des camping-cars.

Le Warm siège est sis rue La Fayette. Le 9e arrondissement déjà c'est bien, c'est détendu, remarque Reine. Détendue, dans le hall elle l'est moins. Elle regrette d'avoir choisi cette trop brève robe, regarde-moi ça elle ne peut même pas s'installer dignement dans ce fauteuil de créateur à la con. Enfin fauteuil. Suspendu, sans stabilité, fait d'un seul élément de bois tressé, en forme d'œuf évidé, ça pourrait tout aussi bien être un lampadaire. Comme si le designer avait, dans son mouvement volcanique, perdu de vue les destinées de l'objet. Comme si personne ne le lui avait rappelé entre le prototype et la fabrication en série. C'est à quoi songe Reine pour tuer le temps, puisque le reste n'a plus à être songé : c'est clairement expliqué en vingt pages glacées, c'est dans son sac.

À l'autre extrémité du hall, deux hommes en conversation, un grand, un rond, leurs vestes sur les bras. Il semble qu'on fasse la queue à ce guichet. Je n'ai pas toute la journée moi, s'inquiète Reine qui nous fait rire. À ce stade, elle serait capable de camper là deux jours, de dormir dans l'œuf jusqu'à ce qu'on veuille bien la recevoir. Inutile de faire la fille qui s'agace, qui tient son monde. C'est pas maintenant.

Les deux hommes la regardent, sourient. Voilà j'en étais sûre, j'ai pas du tout la gueule de l'emploi, je fais godiche et mes chaussures elles font pétasse, désespère Reine, tirant sur sa robe. Les deux hommes s'approchent. De mieux en mieux, la fille qu'on aborde en bande. Reine moule dans son cerveau une lourde repartie qui les invitera à aller voir chez You Invest si elle y est.

— Alors c'est vous ? dit le grand.

— Parce que c'est nous, dit le rond.

C'était bien eux, Warm Capital en personne(s) qui prend l'air dans son vestibule et l'évalue depuis dix minutes.

— Il est pressé, signifie l'un en montrant le second.

Lequel dit c'est vrai, on va faire court, j'ai dix minutes. Reine s'effondre discrètement, elle a compris : c'est un non décidé avant même qu'elle arrive. Tu crois que j'ai que ça à foutre voudrait-elle répondre.

— Je peux vous laisser ça ?

En l'espèce vingt pages déjà un peu gondolées, concept, prévisions et objectifs, absorbant entre les paumes de Reine toute sa nervosité.

Non. On ne les lira pas, la prose d'école de commerce au secours. Et Dubosc a déjà résumé la disons idée et tout le bordel. Les algues bretonnes ramassées mécaniquement en mer d'Iroise, la made in France, la nature, l'écologie et le luxe réunis en un seul modèle, c'est excitant. Mais on veut bien écouter cinq minutes.

— Un entrepreneur, dit le grand, c'est comme un scénariste. Si son histoire est bonne, il la vend en trois lignes.

— Quatre minutes, décompte le rond.

Reine inspire.

Quatre minutes plus tard, Reine a exprimé la réalité en chiffres. La somme nécessaire au lancement de l'activité, location incluse d'un pas-de-porte, le total des salaires annuels des dix personnes qu'elle envisage de recruter, les délais avant l'ouverture, le chiffre d'affaires au premier trimestre, la perspective de rentabilité sur une année, le coût de la reproductibilité du modèle à l'étranger, le salaire qu'elle se versera au premier trimestre, ce qu'elle se versera au troisième car elle le méritera, la date de la revente et la plus-value à en retirer pour chacun des partenaires. Elle n'a pas parlé d'elle, ne s'exprimant qu'au présent de l'indicatif. Présentement, le grand demande au rond combien il met et c'est 300 000. L'autre précisant que ce n'est pas un concours allonge de 500 000, faites l'addition. Reine ouvre la bouche. Le grand dit c'est notre tour, écoutez. Dans leur approche de l'investissement, ils ont l'habitude de recruter les équipes et de trouver les lieux, les fonds de commerce, ça fait partie de l'accompagnement. On a des partenaires, des agences, des chasseurs. Reine oppose qu'elle a la 4G, des réseaux, des idées, des amis pour avoir des idées de lieux et de candidats. Elle ne va pas commencer à claquer leur fric en achetant des services gratuits, si ? Elle le dit comme ça.

— Merci mademoiselle de nous éduquer, dit le grand.

— Putain les jeunes, dit le rond.

— Démerdez-vous alors. On vous regarde.

Bientôt elle trouvera tout cela naturel. Cette hâte, cette mesure, ces costumes étroits, ces gens qui ne rougissent jamais, ces voix sans variation, cette langue baroque faite de phrases nominales, de vulgarités, de grammaire parfaite s'il le faut, d'anglicismes, de noms, d'onomatopées, de scores de tennis, de politesses, de métaphores animalières, de doigt sur les lèvres, de références à Warhol, d'ironie, de démonstrations mathématiques comme autant de figures de style, d'invitations à se faire enculer, de références à Confucius. De oui sans effet, de non sans appel.

— Un conseil, dit encore le grand, la jupe, les jambes, la naissance des seins, le bouton qui manque, arrêtez avec ça. Faut savoir ce qu'on veut.

— Ne l'écoutez pas, préfère le rond, ne changez rien. C'est très joli.

— Vous êtes encore là ? s'interroge l'un.

— Vous n'avez rien à faire ? s'étonne l'autre, tandis que Reine pourrait les embrasser.

Pierre demandera à Reine pourquoi elle ne fête pas cette rencontre. C'est tout de même une victoire. On inviterait une trentaine de personnes, Pierre passerait chez Noura, prendrait pour une fois au cabinet une caisse de Roederer, tout le monde le fait. Reine est sur les genoux. Reine préfère une petite formule tranquille, deux assiettes autour d'une bougie, du poisson. La route est encore longue.

Le soir même, avec Pierre en tête à tête, Marin en tête, une Reine qui ne sait plus comment faire pour s'arracher ce fantôme de l'esprit. Elle s'accroche aux traits de Pierre, les inflexions de sa voix, son odeur, les couleurs de leur appartement. Quelque chose d'elle semble vouloir quitter tout cela, comme une vapeur se détache d'un corps, d'un endroit. Il faudrait qu'elle s'accroche.

Plus tard, Reine termine le champagne sans s'en apercevoir, lance un album de Christophe et ça n'arrange rien. *J'ai beau te serrer fort, la vie s'acharne encore*

— C'est gai ça, encore. Viens te coucher.

Et dans ce cœur-à-cœur, notre amour fou

— Il dit notre amour fou se meurt ou notre amour fou se mord ? s'intéresse Pierre, tendant à Reine une main qui prétend la traîner au lit, la border.

Il porte son t-shirt pour dormir, avec les rayures marinières et dessus, imprimée, une ancre marine.

— Enlève-moi ça je t'en supplie enlève-moi ce truc, je sais pas dors en chemise, à poil, mais fous-moi ça au panier.

— T'es de bonne humeur pour une fille qui vient de lever un million et demi. Ça fait plaisir.

Plus tard encore elle s'endormira. S'éveillera en sursaut ayant enfin métamobilisé l'information. Un million et demi. Oh putain.

— On baise ? dira-t-elle à Pierre.

Il grogne.

— Alors laisse-toi faire, dira-t-elle, le débarrassant du t-shirt rayé, ça va venir. Imagine que je suis, je sais pas, Madonna.

— Quoi ? s'inquiète Pierre, réveillé tout à fait.

Le royaume de Reine fait six cents mètres carrés sur deux étages plus sous-sol, entre Bastille et le quartier Saint-Paul. C'était, avant que d'être à louer, un trop petit hôtel. Huit chambres agrémentées au – 1 d'un trop grand spa. C'était paradoxal, inconvenant, ça n'avait pas sa place sur le marché. Pour le moment, c'est vide et presque sale, on commence tout juste à abattre les cloisons, décarreler les surfaces. Mais Reine voit déjà scintiller les carreaux verts de l'institut au rez-de-chaussée. Au sous-sol le hammam et le laboratoire immaculé où seront confectionnées les préparations. À l'étage, le bar à santé, tout de bois clair, au sol un béton ciré, blanc comme l'écume. La jeune décoratrice à qui Reine a confié la transformation du désordre en palais a fait peu de chose, une école quelque part en Europe, sa chambre à coucher et le jardin d'hiver de ses parents, on n'a aucune preuve tangible de son talent. Mais Reine s'en fout qui sait la puissance de feu de ceux qui ont tout à prouver. Elle dit aux quatre investisseurs qui l'accompagnent sur le chantier, dont Cyril, imaginez, imaginez. Vous voyez ?

Cyril tel qu'on le connaît imagine surtout à quel endroit il va la sauter avant l'ouverture. Le rond et le grand ont dirigé un empire du prêt-à-porter, ils font à l'œil nu la différence entre délire et imagination créatrice.

Aussi, quand au même endroit sept semaines plus tard ce sera exactement ça, exactement ce qu'elle a dit, ils ne s'étonneront pas. Parcourant les espaces neufs, Reine résume la situation. Dalco fournit les algues, la phase de conception des produits s'achève, la phase de recrutement commence, on est bon. Elle caresse un mur satiné de blanc, on l'entend murmurer :

— Je suis chez moi.

— Merci qui ? retient Cyril, qui lâche simplement bravo.

Au terme de l'état des lieux, un sentiment de toute-puissance porte Reine de chez elle au trottoir d'en face s'acheter des fleurs, pourquoi pas. Et du trottoir d'en face à son bureau qui est pour le moment sa cuisine, désormais occupée huit heures par jour par son assistant : Julius, 1,98 m, comédien de formation, en attente d'un rôle à sa taille. Pierre ça ne le dérange pas. Julius une fois assis n'est plus si encombrant. Pierre sort plus souvent de l'appartement, travaille davantage, cherche à s'élever encore dans la hiérarchie de son cabinet, ne voudrait pas, dit-il en riant, devenir Monsieur Reine. Aussi met-il les bouchées doubles pour devenir associé un poil plus tôt que prévu, dans six mois. Merci, Reine, pour l'exemple. Seulement si Julius pouvait cesser d'investir son bocal de fruits secs à pleines mains, personne ne sait si ce garçon se les lave. Reine ne pensera pas à le lui demander aujourd'hui : il y a plus urgent à confier à Julius.

— Julius, appelle-moi Marin Vanzee tu m'annonces et tu me le passes.

Julius, la bouche pleine, prévient qu'il prend le temps d'avaler et dans l'intervalle cherche le contact. Vanzee. Voilà. J'appelle.

— Non attends raccroche. Je vais envoyer un mail. Non toi envoie un mail. Qu'il ne croie pas que.

— Que quoi ?

— Je vais le faire.

Et Reine d'engendrer un mail d'une température si désobligeante qu'il semble taillé dans la glace. Reine y fait part de son projet abouti et c'est extraordinaire dans le genre convergence, il s'agit d'algues. Oui elle aussi. À toutes fins utiles, le détail du concept en pièce jointe. Reine en vient à l'objet de son message. Tous les biologistes un peu avertis se bousculent au portillon pour apporter leur crédit à l'innovation de Reine qui s'en voit flattée. Mais Reine hésitant à faire des fleurs aux inconnus vient de se rappeler, à l'instant, Marin Vanzee. Que pense-t-il de ces candidats dont voici les noms. Et tiens, Marin Vanzee serait-il intéressé lui-même à voir son travail mis en lumière par celui de Reine ? Et inversement. Tout le monde fait des partenariats, tout le monde, car il s'agit de cela et uniquement, monsieur Vanzee, un partenariat. Sent from my iPad.

Des minutes, des heures, des jours, gouvernés par l'attente et l'obsession. Pas la patience, non, l'attente, presque le contraire. Quelque chose qui vous dompte, à quoi il s'agit d'obéir. Sinon rafraîchir une boîte mail toutes les cinq minutes pour quelqu'un dont on attend 25 % de rentabilité au premier trimestre, c'est n'importe quoi.

Marin ne peut pas. Il achève la préparation d'un voyage vers l'Arctique, l'enjeu du périple étant de prélever une algue microscopique en eaux semi-profondes et d'en étudier sur place les qualités, le potentiel d'exploitation. Marin regrette et salue la dirigeante. Enfin, de mémoire, c'était à peu près ça. Il n'y a pas d'archive. Reine a effacé la réponse sitôt lue. La seconde partie évoquait la méthode de récolte chez Dalco. Les fonds sont agressés et si, dit-on, l'écosystème est généralement préservé, personnellement Marin pense le contraire. Enfin les solvants servant à l'extraction des propriétés sont rejetés dans la mer, ça fait beaucoup de choses. Assez pour que Marin ne s'en mêle pas. Merci toutefois d'avoir pensé à lui. Marin Vanzee, océanographe, PhD, chercheur attaché à l'Ifremer. S'ensuit des coordonnées et du blanc, du vide, Reine de l'autre côté de l'écran, vide aussi, blanche pareil. Découvrant enfin, alors qu'il s'éloigne, quel était son espoir.

Un désir d'eau, de silence, d'effort et de fatigue l'a conduite à la piscine Molitor. Reine nage et son téléphone est quelque part au fond d'un sac, au fond d'un casier. Elle n'a jamais fait dix kilomètres d'affilée en respirant si peu. C'est la première fois. Après quoi, après la douche, Reine essorée pense que c'est aussi bien. C'est même formidable. Qu'il y aille, dans l'océan Arctique. Elle, elle va gagner. Propulsée par le désir ou ce qu'il en reste, dans six mois elle y sera après-demain. Triomphante et médaillée. La frustration est le combustible de ceux qui n'ont pas d'endurance. Quand Marin reviendra, elle sera cette fille qu'elle voulait devenir l'an dernier dans l'ascenseur : indépendante, solaire. Il ne restera rien de la pâlotte salariée qui rougissait bêtement. Il en prendra plein la vue. Elle sera calme, chaleureuse mais pas trop, elle aura oublié. Avec tout ce travail, tous ces gens. Ah oui Marin, dira-t-elle, ça va vos recherches ? Tes recherches ? On se tutoyait ? Je ne sais plus.

Reine recrute un chargé de communication, Reine s'énerve, Reine vire le chargé de communication qui a parlé de newsletter, Reine rencontre des fournisseurs, un masseur, deux, une esthéticienne puis quatre, Reine goûte un jus d'algues noires, crache, c'est non, Reine compare deux gommages, Reine sélectionne le seul qu'ils utiliseront, Reine décide que les clients n'auront pas toujours le choix, qu'il sera fait pour eux, ça passe ou ça casse. Attention à ne pas penser que la Reine c'est vous, glisse le grand type de Warm Capital. Reine mobilise tous les gens qui l'aiment assez pour se défoncer gratuitement, Reine fait beaucoup de choses elle-même, Pierre lui trouve un juriste, Étienne un slogan, quelqu'un fait des cakes pour une réunion achats. Reine fait changer après réflexion les carreaux du hammam. Elle avait dit vert profond, pas bleu. Reine zappe un mail de Warm Capital et voudrait savoir si c'est grave, Reine rencontre un adjoint au maire de l'arrondissement, Reine fait déjà des promesses. Reine voit le maire et chacun parle de sa clientèle. Reine voudrait dessiner toute seule la tenue des conseillers en boutique, Reine refuse de dire employés. Reine essaie mais ne peut pas, c'est un métier, styliste. Reine dort moins de six heures par nuit mais ça ne se voit pas, Reine place quelque part dans la boutique un portrait de Nathalie, Reine sort, Reine a des obligations, c'est lié. À commencer par ce dîner chez l'actionnaire isolé, toujours le même. Il s'agit pour Reine de rencontrer l'épouse, pour Cyril de la montrer, pour Pierre de faire partie du tableau. Ça se fait, ça tardait, ça devenait curieux, de l'avis de Cyril, ce manque de familiarité entre eux. Reine n'a pas envie et prie pour être couchée à minuit, Reine doit passer prendre Étienne, Pierre les rejoint. C'est souvent dans cet ordre. C'est comme ça.

Sur un demi-queue, Étienne joue le *Nocturne n° 2* de Frédéric Chopin, annonçant chez lui la détresse amoureuse. Il joue bien, pour quelqu'un qui a commencé à quinze ans. Le père de Reine lui a enseigné les premières gammes, Bernard ne s'en souviendrait pas. Le choc de la mort de Nathalie a effacé les deux tiers de sa carte mémoire.

Reine dans le salon d'Étienne ne connaissait pas ces deux fauteuils Restauration, fruit d'un dimanche dépensé à Saint-Ouen. Tout aussi inconnu au bataillon des acquisitions hors d'âge d'Étienne, le portrait à l'huile d'une dame alanguie, les cheveux coiffés en bandeaux.

— C'est tante Albertine peinte par un certain Robat en 1879, veut bien s'interrompre le pianiste. Tante Albertine fut mariée à un descendant des Guise, rends-toi compte.

— La seule tante que je te connaisse c'est Solange.

Rire d'Étienne, andante.

— Et son mari, le Lionel qu'avait des cornes à décrocher les lampions tu te rappelles ?

Reine n'aime rien tant que l'irruption dans les délires lisses d'Étienne de cette langue de voyou, des vallées. Refoulée, souterraine.

— J'ai fait exprès pour te faire marrer. J'adore Solange. Elle est décédée en plus.

— Ah bon ?

— J'en sais rien. J'imagine. Depuis le temps.

— Quelqu'un t'a plaqué ?

Pire que ça. Fin hâtive de l'adagio qui, même pour une nuit qui tombe vite, ne peut pas être aussi enlevé. On sort complètement du petit côté lugubre voulu par le compositeur. Étienne est face à un problème plus grave dont il ignore la catégorie. Morale, économique, stratégique.

— Un pantalon ? ne plaisante pas Reine. Qui tombe pas bien sur tes bottines ?

Pire encore. Lancel s'est un matin réveillé avec une envie d'acquisition au Mexique. Une centrale à charbon, trop chère, trop sale, et trop peu rentable, susceptible d'être au mieux rentabilisée dans dix ans. Or dans le cas d'une transition énergétique accélérée l'exploitation du charbon devrait, selon l'information recueillie par Étienne, être limitée sinon interdite bien avant.

— La transition énergétique, si c'est comme la réforme de l'audiovisuel public et la privatisation du rail, les dix ans, dit Reine, tu les as. Large.

— Mais vas-y toi, réformer ! le prend pour lui Étienne. Tu ferais comment toi ? L'armée de terre ?

Silence.

— Ah pardon c'était une vraie question ? s'ennuie Reine.

— Oui. Alors ?

— Je pense que je les laisserais se démerder et j'irais réussir ailleurs. Voilà. Si tu me demandes. Donc la centrale ?

Le groupe se retrouverait alors avec une unité inexploitable, invendable. Un gouffre à fric, un motif de liquidation immédiate pour l'équipe dirigeante qui aurait validé une décision de merde, tu suis ou tu bouquines ?

— Je te suis dit Reine reposant le numéro de *Marie Claire* où l'ouverture de l'État Sauvage est annoncée. Et tu te demandes, embraye Reine car elle suit vraiment (une femme peut lire et conspirer en même temps), tu te demandes si tu dois alerter les actionnaires et briller par ta prudence. Ou fermer ta gueule et briller par loyauté envers un mec dont tu ne respectes pas les décisions.

— Il en a eu de bonnes, tempère Étienne, il a diminué de moitié la dette du groupe, il est venu me chercher dans mon placard à Beauvau. Si c'est pas de l'instinct.

— Fonce, conclut Reine sur sa base habituelle (le temps passe). Balance-le, je le sens.

Sonate *Au clair de lune* témoignant chez l'exécutant d'un trouble résistant, au moins en partie, aux bienfaits du dialogue. Étienne rejoue quatre fois la première mesure, appuyant lourdement les arpèges en do dièse mineur, c'est inquiétant. Ça sent le type sur le point de vouloir se coucher. Reine doit plus ou moins lui claquer le couvercle sur les doigts.

— On est en retard.

Étienne n'a absolument pas envie d'aller dîner chez ces gens. Ils ne parlent que de pognon, serviront un poisson en gelée, vivent au nord-ouest de Paris entourés d'hétérosexuels. Viens on reste, on fait des pâtes. Et puis Étienne voudrait que

Reine ouvre les yeux sur ce Cyril Diamant mes couilles. Ça commence comme ça, tu vas voir, après il viendra tous les jours sans payer, il enverra ses pouffes squatter ton hammam, il privatisera ta boutique pour l'anniversaire de son fils tu ne seras pas au courant, il se fera inviter au George V tous les jeudis sur ta note et tu recevras une ardoise de 10 000 balles par mois, tu diras rien, tu pourras pas. À la fin il se sera remboursé et tu lui devras tout encore. Tu crois que tu es chez toi, tu es chez lui.

— C'est vrai que t'as de l'expérience toi, dans tout ce qui est indépendance, réalité. T'as jamais payé une bouteille d'eau ou un coup de fil, je te soupçonne de facturer tes Berluti à la France…

— Jamais, ça jamais ! s'emballe Étienne.

On sent que si on lui donnait un drapeau français, il s'emballerait de même, mais dedans. À défaut de quoi il se rassoit au piano pour un dernier petit Chopin bien pompier. C'est en musique qu'il dira ce qu'il a à dire sur Cyril, que Reine le veuille ou non. C'est le genre de mec qui veut sa part, tout le temps, Reine, prépare-toi. Reine rit et voudrait qu'Étienne, une fois pour toutes, s'échappe du Balzac dans lequel il est enfermé depuis dix-neuf ans. Ça commence à sentir le moisi.

— Mais c'est toi dans un Balzac. Demi-mondaine ! T'es en train de te faire acheter un hôtel par qui ? Des mecs qui comptent sur ta rentabilité ? Ça s'appelle comment ? Voilà j'ai fini. Bouge pas, je vais m'habiller en mec qu'en a rien à foutre.

Cut.

Panoramique sur le salon Restauration. Reine en profite pour tirer du piano trois notes discordantes. Elle n'a jamais pris le temps de toucher à l'instrument familial. Étienne était toujours dessus, de l'heure des devoirs jusqu'au dîner, qu'on l'invitait invariablement à partager, dans la grande maison de Chamalières. Après quoi, il se remettait une demi-heure au clavier avant de rejoindre la cité Saint-Jacques, un bouquin de Bernard dans la poche, biographie de La Fayette ou poèmes de Kipling. Rompant la rétrospective surgit Étienne, portant sur un t-shirt un cachemire nonchalant. J'adore Bompard, dit-il, la chèvre qui a réussi, au fond c'est moi.

Pour ceux qui se sont attachés à Étienne, pas d'inquiétude. Il s'amuse le soir même chez les Diamant tel un chat au-dessus d'un aquarium. Variante de l'expression poisson dans un bocal qui se trouve être un non-sens (le bocal est au poisson un environnement carcéral et sous-oxygéné). Étienne joue du piano, un piano droit, parle de politique, donne au président encore deux ans pour se planter, confectionne un Bellini puis un autre, s'enquiert de ce que fait la maîtresse de maison, qui ne fait rien. Étienne estime que c'est fantastique, rien vraiment ? Ça ne se fait plus, rien. Il en faut du cran chez les épouses subventionnées pour ne pas s'inventer un métier, vous serez ma meilleure amie, lui dit-il, ça vous occupera à présent que Reine va passer ses journées avec votre mari. À ce sujet est-ce bien sérieux madame d'avoir épousé un type dont les initiales sont CDD ?

— Débarrassez-nous de ce type, s'amuse Reine à l'oreille de Pierre, qui ne relève pas.

Reine pourrait remarquer que Pierre n'est pas dans son assiette. Mais elle ouvre dans trente jours, elle a autre chose à penser. Et puis déjà, à l'invite de Cyril, elle se voit tenue de raconter l'histoire qui n'a pas commencé. Pourquoi l'indépendance, pourquoi les algues, n'a-t-elle pas peur ? Tant de gens échouent après tout. Pourquoi Cyril ? Et le concept en gros, tu peux en parler ? Quelqu'un qui a lu quelque chose de bien rédigé dans la presse en parlera à sa place. L'État Sauvage est un lieu pluriel où venir apprécier la proposition d'architecture intérieure déjà, et ensuite se faire du bien. Non pas consommer mais évoluer. Poursuivre une expérience esthétique, sensorielle, voire spirituelle. Sans quoi ça s'appellerait dépenser et ça, c'est terminé, les gens n'en veulent plus.

Dans certains milieux, tempère Étienne, exceptionnellement attentif. Oui bien sûr on parle de certains milieux, pour les autres Cyril fait toujours des crêpes. Tous rient et certains même sachant pourquoi.

Reine déclencha ce soir-là une série de réactions dont elle n'eut pas connaissance, qui furent essentiellement formulées dans son dos et au dessert. Coup de chance, un doctorant en ethnologie de la vie parisienne, sur place au titre d'extra, les a notées pour une prochaine thèse en attente de financement. Voici :

— Elle se paye combien ?

— C'est qui cette fille ?

— C'est qui cette fille pour Cyril ?

— Le nom est pourri quand même. Si on m'avait demandé j'aurais appelé ça Ah la l'algue ! Contraction de Ah là là. Et d'algue.

— C'est plus *feel good* Ah la l'algue, oui.

— On entend surtout halal dedans.

— Tu trouves ?

Vingt jours avant l'ouverture. Pierre voudrait dîner. Elle n'a pas le temps. Refaire l'amour. Elle n'a pas le temps. Je me lève à 6 heures Pierre, si je m'endors ne serait-ce qu'à 22h30, je flanche. On a la vie pour faire l'amour, et les ponts de mai. Ah oui c'est passé. Les vacances d'été, l'après-midi, quand ça cogne, on adore ça. Dix-sept jours. Pierre voudrait qu'elle réponde à une question. Plus tard, Reine répond à celles du *Figaro*. Quinze jours. Pierre refait de l'asthme. Reine le soigne. Cinq jours. Pierre admire Reine pour ce calme qu'elle conserve, il a exagéré, il s'est conduit comme un enfant, que Reine l'excuse. Non c'est elle qui s'excuse. Non vraiment c'est lui.

Un jour. Nous y sommes. Enfin elle y est. Reine chez elle, au cœur de l'État Sauvage encore dépeuplé, la veille de l'ouverture, seule avec Pierre. Leurs voix renvoient en écho la crainte qu'elles contiennent. Reine réchauffe ses mains autour d'une infusion d'algues, celle pour la régénération cellulaire. La tasse est en verre dépoli comme les morceaux qu'on trouve sur la plage. Une idée de la décoratrice qui n'avait qu'une seule consigne d'inspiration, la mer.

— Tu penses que je déconne ?

Elle prend la main de Pierre, il dit qu'il a peur, il n'avait pas prévu. Il veut dire à ce point. Pierre voudrait ne pas lâcher cette main et marcher ainsi dans Paris. Avant qu'elle n'ait plus le temps de rien, plus du tout. Impossible, Reine a un rendez-vous. Où ça ? Médical, routine. Pierre s'inquiète. Il ne faut pas, c'est pour un détartrage. Ça ne l'amuse pas mais avec toutes ces photos.

Soit. La question est : comment tiendrait un cabinet dentaire dans cette étroite habitation, bâclée dans une dent creuse de la rue des Tournelles, où s'engouffre Reine ? On va voir. Elle gravit doucement un escalier, piétine un instant devant une porte, hésite, mal à l'aise. Encore plus lorsque installée devant une table évidemment ronde elle bat les cartes du tarot de Marseille. Vingt-deux lames lourdes de l'humidité des mains par lesquelles elles sont passées et de quoi d'autre encore, on en frémit. Le tarot de Marseille dans les mains de Reine donc. A priori le dernier endroit où pouvait atterrir ce puissant outil cognitif, ce notoire assistant de la pensée cartésienne. Oui c'est honteux, du moins si peu raisonnable. Mais c'est la première fois, passons l'éponge sur cet outrage aux Lumières.

— C'est qui, lui, avec la bosse et la lanterne ? s'inquiète Reine à la vue de la neuvième arcane majeure.

— L'ermite.

— C'est moi, je bosse trop.

— Non c'est lui. Il dit que le type, il ne dira jamais rien. Il est parti voir ailleurs.

— Et ça ?

— La lune. C'est vous. C'est pas génial.

— Ça parle pas d'un succès ? D'argent ?

L'occultiste est désolé, non, il ne voit pas. Mais ça ne veut rien dire. Ça peut tout à fait se produire aussi. Il transmet. Il ne sait pas. Il a quelqu'un juste après et préfère le liquide. Mais quelle conne ! conclut Reine sur le palier du type, quelle conne. À J – 1 en plus, quand toute l'équipe l'attend.

Une heure plus tard, Reine s'adresse non plus aux ténèbres, mais à son équipe. Une dizaine de personnes allant du conseiller en vente, en esthétique ou en santé à la juriste, à la chef de caisse. Les conseillers sont pareillement vêtus. Quelque chose de souple, de vert, entre le caftan et le kimono, dans un mélange de chanvre et de soie de mûrier. La chose est dessinée par une créatrice amie de Reine, et dans le tissu court un fil plus sombre qui esquisse les entrelacs des algues. C'est très intéressant. Les clientes voudront toucher, créant avec le conseiller une furtive intimité, propre à faciliter la vente. Les clientes voudront savoir où se procurer le vêtement, on donnera le contact de la créatrice, autodidacte, un atelier en Savoie et bientôt un autre rue des Martyrs. Ça fera une belle histoire, c'est important. Reine contemple son monde, laisse un instant le silence les envelopper, constate qu'un seul regarde son téléphone. Un sur dix ça va. À surveiller quand même.

— Nous commençons demain, nous ouvrons demain. Les gens qui viendront décideront de la suite : nous serons glorieux ou déçus. Je suis terrifiée. Et vous ?

Stupeur de l'équipe qui attendait en majorité que ça se passe et n'avait pas été renvoyée à ce genre d'émotion depuis les attentats. Indiquant la porte, Reine précise que les indifférents peuvent encore sortir. À leur suite ceux qui pensent présentement à autre chose, à leur suite ceux qui préservent leurs forces. Elle, elle donnera tout.

Personne ne lève la main. Un CDI c'est précieux et la patronne a l'air à fond. Ils diront plus tard entre eux que tout cela sentait un peu sa veille de match, son demain dès l'aube avant la montée au front, que Reine en avait fait, en somme, un peu trop. Laisse-lui quelques années, ça deviendra plus naturel, tranchera la chef d'équipe, et ne t'affale pas sur la caisse, c'est le premier jour.

Le même jour mais plus loin dans Paris, vous êtes de nouveau Étienne. Toujours aux prises avec votre fameux problème moral. Vous n'avez rien dit, désavoué personne, dénoncé personne. Inquiet, vous vous rendez à une convocation de Lancel et apprenez ceci : l'acquisition merdique au Mexique on vous en confie la direction, ça vous finira. Lancel vous trouve formidable mais avec les limites de votre formation : vous connaissez surtout la France et ses châteaux.

— Et leurs fossés, ajoutez-vous.

Le contact rude et premier degré du Mexicain, ne relève pas Lancel, devrait vous faire un bien fou.

Vous êtes Étienne et on vous envoie vous finir aux confins des terres évangélisées, dans un trou que vous savez, pour des raisons sus-évoquées, sans fond. Vous vous sentez comment ? N'hésitez pas à être grossier ça défoule, ce ne sera pas transcrit. Vous en pensez quoi de l'autre ?............... C'est exactement ça.

Pour lui répondre, vous allez devoir renoncer à pratiquer un art que vous maîtrisez mieux que le piano : dire à votre interlocuteur exactement ce qu'il veut entendre. Vous avez fréquenté un par un presque tous les étages de la pyramide sociale, devant à chaque fois vous y faire admettre. Vous savez depuis l'enfance qui doit entendre quoi, à quel moment, pour quels effets. Tout ça pour dire qu'aujourd'hui vous faites sciemment le contraire. La centrale, vous suggérez de la confier à Barberian, l'autre numéro deux qui patauge d'ennui dans son bassin. Pourquoi Barberian ? grince Lancel. Parce que trente-huit ans, épouse dans la banque et facile à bouger, 1,90 m pour 82 kilos, grande gueule, sûrement beaucoup plus dans le goût des Latino-Américains, parce qu'adore la boîte mais pas plus que ça la France. Voilà pourquoi. Vous vous collez stoïquement une seconde balle dans le pied, en prétendant que vous avez désormais une vie de famille. Depuis quand ? Depuis que vous avez rencontré quelqu'un qui a des enfants scolarisés à Paris, enfin bref vous mentez. Vous refusez, vous avez le droit de saborder votre carrière. Bien sûr Lancel comprend, le suicide professionnel on lui en a parlé. Il saura se retenir quand il s'agira de compter sur vous, de vous recommander.

Et c'est effectivement fini, mais pas tout à fait comme on l'entendait au départ, lorsqu'à nouveau vous passez la porte.

Ensuite, il est tard. Vous vous rendez là où vous n'étiez pas invité. Chez votre seule amie qui devait dîner avec son mari mais ça ira, son mari, assure-t-elle, vous adore. À 20 h 30, le mari est en chaussons. Vous ne dérangez pas, promet-il, vous servant dans un verre dépourvu de pied un vin ouvert la veille.

— Je suis arrivé trop tôt pardon, vous n'êtes pas prêts ? dites-vous car cela vous gêne. Les fautes de goût vous éprouvent particulièrement depuis l'enfance, ma foi vous avez nagé dedans. Verres à moutarde, toiles cirées, et vous portiez des sweats de la marque Tex, filière confection de l'enseigne Carrefour. Vous avez donné, vous avez combattu, vous ne sauriez désormais boire dans un verre moche sans avoir le sentiment d'une rechute.

Quelques minutes plus tard, un verre délicat à la main, vous leur racontez. Lancel vous a confié sa fatale acquisition, vous avez dû l'envoyer paître et vous êtes foutu aussi bien que si vous lui aviez dit oui. Pierre vous écoute attentivement. Il pense qu'il est là pour ça, pour donner son avis. Pas seulement parce qu'il est chez lui et que vous devez faire avec. Vous n'avez jamais aimé ce type qui n'existe que parce que vous n'êtes pas vous-même hétéro. Son bonheur ne tient qu'à ça, et un jour vous lui direz, un jour qu'il ira trop loin. Mais ça n'arrive pas avec ce genre de type, qui déjà pour tout le monde tartine des blinis.

— Quoi ? aboyez-vous à l'encontre du gentil, une tartine dans chaque main.

— Calme-toi, c'est juste du taramalgue.

Le mari dans sa sagesse d'avocat fiscaliste vous a entendu et voudrait à son tour vous raconter quelque chose. Il était une fois, dit-il, dans la Chine médiévale, un pêcheur nommé Niang Hu.

— Pardon ?

— Écoute, vous arrête Reine, écoute un peu les autres de temps en temps.

— Tu peux parler toi !

Niang Hu, poursuivait calmement le conteur, perdit sa barque qui lui fut volée par une nuit sans lune. Tout le village se désola pour lui. Pauvre pêcheur qui ne pouvait plus pêcher. Le pêcheur leur parla sans colère : « Ce n'est peut-être pas un mal, on ne sait pas encore. » Le lendemain le voleur de barque fut retrouvé noyé. Les peaux clouées au fond de l'embarcation étaient trop vieilles, la barque avait pris l'eau. Une sortie de plus sur le lac et Niang Hu serait mort de la même façon. Le seigneur du château lui offrit un cheval pour le remercier d'avoir désinfecté la région d'un délinquant récidiviste et le village se réjouit : « Quelle chance tu as ! Un cheval va te permettre de labourer la terre ou d'en tirer bon prix dans une foire. » Niang Hu ne souhaita pas se réjouir pour le moment : « Ce n'est peut-être pas un cadeau mes amis, on ne sait pas encore. » Le lendemain, son jeune fils voulant monter le cheval en l'absence de son père fit une chute qui le priva de l'usage de ses jambes.

— D'accord, c'est l'histoire de paf le chien. Resservez-moi, implorez-vous.

Le village déplora. En effet ce n'était pas un cadeau mais un châtiment que ce cheval. Niang Hu décréta qu'on ne savait pas encore et attendit que le temps le renseigne. Le village vit en Niang Hu un fou. Le lendemain, le seigneur décida d'envahir la province voisine, mobilisant tous les jeunes valides sur le front. Le fils de Niang Hu, inutile au combat, resta auprès de son père. Aucun des soldats ne revint vivant. Le village en deuil n'en revenait pas de la chance de Niang Hu qui leur parla ainsi.

— Ok. J'ai compris. Pitié.

— Moi je la connaissais, avoue Reine.

— Me dis pas qu'il t'a chopée avec ça ?

Vous finirez votre verre. Vous admettrez qu'elle n'est pas complètement idiote, la position du mari, même si c'est très long pour le dire. Vous avez peut-être de la chance, va savoir. Reine aura un conseil plus pragmatique que vous suivrez. Et puis elle vous mettra dehors car demain commence sa nouvelle vie, elle inaugure la mer à Paris. Elle vous laisse la bouteille si vous voulez mais casse-toi Étienne, il est 22 h 30, dans la vie je suis couchée depuis quarante-cinq minutes, fous-moi le camp. Vous foutez le camp vers chez vous. Vous vous enfermez, vous écrivez une page, à la main, vous faites partie des derniers alors. Sans doute un sonnet, c'est bien votre genre. Vous sortez à nouveau dans la nuit parisienne, il est 3 heures.

Vous pourriez ici cesser d'être Étienne et reprendre vos occupations personnelles, ce que fait Étienne de ses nuits ne vous plairait peut-être pas. Peut-être serait-ce un peu raide pour vous, un peu underground. Mais si vous y tenez, restez. En ce cas, au matin, vers 9 heures, c'est étonnamment frais qu'on vous surprendra à la BNP Opéra, remplissant, *a mano* toujours, un bref formulaire destiné à la location d'un coffre.

Le succès vint qui statistiquement se décrit par le nombre de visites, le montant de la caisse après la fermeture, les abonnés au Facebook officiel, le volume de recommandations, les conversations en ville qui, à un moment ou un autre évoquaient l'État Sauvage comme une plage secrète, les gens dans les affaires qui voulaient savoir qui connaissait quelqu'un qui avait le numéro de cette fille. On disait que Reine avait trouvé un truc, rapproché l'Atlantique de Paris, placé au cœur de la ville ce qui était à quatre heures de train. Quelqu'un voulait savoir pour quelqu'un qui cherchait pour son fils quelle école de commerce avait formé cette pépite, on supposait que c'était loin, aux Amériques probablement. À l'État Sauvage, on s'y rendait pour vérifier si c'était vrai, qu'on vous vaporisait vraiment un peu d'eau de mer dans les cheveux. C'était vrai. On avait du volume, un peu de sel sur les lèvres. On prétendait que les algues en jus contenaient autant de fer et de protéines que de la viande rouge, on tapait sur Google le nom de Reine. Qui n'avait pas encore essayé se disait par-devers soi, quel con. Tu vas voir que quand je me réveillerai il faudra faire la queue.

Il faut déjà faire la queue.

Statistiquement enfin le succès se conçoit au nombre de gens qui demandent quand est-ce qu'on fête ça, paye ton coup, qui murmurent qu'*avant* Reine aurait déjà rincé tous les copains, alors c'est vrai ce qu'on dit, le succès, les gens, ça les change.

Aussi, au terme du premier trimestre, on organise un soir après la fermeture une petite fête. Warm Capital pense que c'est un peu tôt, un peu anglo-saxon dans l'esprit et ne sont pas certains de venir. Le soir dit, ils seront les premiers, un train de caisse en bois les précédant : ayant investi dans un vignoble expérimental du Rémois, ils offrent le champagne sans sulfite. Ce soir-là, passent le seuil privatisé les salariés, les amis, les investisseurs, les parents, la mère qui demande à Reine si c'était vraiment indispensable la rampe d'accès handicapés pour un établissement de cette taille. Non ça ne l'est pas, c'est pour le principe. Nadège enfin même moi j'essaie de passer à autre chose, ce n'est pas bon de vivre comme ça, avec un fantôme, une rampe d'accès décorative.

Quelqu'un, mais qui n'est pas sa sœur, manque en effet à Reine. Pour Reine le succès c'est toutes les joies citées, mais pâlies. Délavées par l'absence d'un seul. Ce soir-là, la porte s'ouvre à soixante-dix reprises, assommant chez Reine soixante-dix fois le même espoir. L'espoir qu'il vienne. Il est rentré. Les six mois se sont écoulés. C'est même un peu pour ça, cette soirée annoncée partout.

Sinon c'est très réussi. Malgré quelques réserves sur le champagne nature, qu'on se garde de signifier ouvertement. Bien que certains persistent à chercher à qui attribuer la gloire, supposant qu'une femme toute seule c'est une belle plante qui cache la forêt. Sur la question Cyril se tait, elle est pour lui tranchée. Il attend qu'on lui dise merci, ce doit être prévu au moment des desserts. Warm Capital ne revendique pas grand-chose, ils laisseront parler le temps : le succès c'est une histoire, ce n'est pas un trimestre. Quelqu'un veut savoir qui sont ces rabat-joie, à qui Pierre, ivre tôt, soufflera trop fort ils ont payé le champagne et ma femme. Étienne voudra que Pierre prenne un bol d'air, oh non pas d'air, pas d'eau, geindra le fiscaliste, j'en ai marre de tout ça. Reine dans une robe simple, mais noire, mais veloutée, mais tendue comme un gant s'approchera alors du groupe. Te voilà, dira Cyril qui se penchant sur son cou voudra déchiffrer la médaille sur sa gorge.

— C'est écrit quoi là-dessus ?

— Business Only, assure-t-elle, repoussant comme on repousse un chiot, son front.

Il dira ma belle, tout le monde me félicite.

— Je sais. Tout ça, c'est toi. Comme la pénicilline et le courant alternatif. Les gens font la queue pour te baiser les pieds va voir dehors, ils t'attendent.

Il se marre. N'empêche, dehors il y va. Elle le rejoindra pour une cigarette. Elle sait comment les prendre depuis l'école. Jouer la pote de caserne, être des leurs mais jamais contre, des chatons. Laisser penser que ce sera possible, que vous êtes là. Tu parles d'une meute.

Plus tard dans la nuit, Reine se retire derrière le bar à santé, transformé en bar tout court. Tandis que les anciens d'Hec en sont aux *Lacs du Connemara*, elle poste des photos de la soirée adressées à personne, à un seul. Les braillards s'échouent sur le deuxième couplet que personne ne connaît, passent au suivant. Là-bas au Connemara on sait tout le prix du silence. Étienne, pas assez ivre pour quitter sa propre compagnie, vient rejoindre Reine, se plaindre du gouvernement, du P-DG Lancel, d'être né trop tard dans un monde en état de syncope, passé en une heure de trop vieux à juvénile. Tu vois ce que je veux dire ? Toujours pas, ment Reine sans lever les yeux de son écran. Étienne va en courant se jeter dans la mêlée. Reine fait ce qu'elle s'interdit depuis des mois, quêter sur les réseaux des signes de Marin, des traces de Marin. Marin a posté quelque part une photo, un commentaire. Ça dit qu'il prolonge son séjour en Arctique, un an.

À l'autre extrémité de la pièce, Pierre parle à Cyril qui regarde une fille. Autour des lacs, c'est pour les vivants un peu l'enfer, le Connemara. Étienne parle au serveur mais veille sur Reine c'est un réflexe, il la voit défaillir. On n'est même pas en montagne.

— Reine !!

Et déjà il est à ses côtés.

— J'ai eu comme un malaise. La pression, je sais pas, la décompression. Va me chercher un verre, c'est rien.

Là-bas au Connemara on sait tout le prix de la guerre.

— Ah ouais c'est rien ? s'affole Étienne, t'es juste par terre ! C'est quoi alors ?

C'est la mécanique du désir démontée. C'est la force centrifuge de Reine se fracassant sur quelque chose qu'il faut enfin nommer : l'amour.

IV

Intérieur jour. Une femme pieds nus traverse souplement un séjour qui doit être le sien. Il est rare qu'on soit pieds nus chez les autres, sans parler de cette façon de s'étirer, tout à fait territoriale. La jeune femme se déplace de la table en noyer au tableau (école Renoir, une rive de la Marne, violemment verte) puis vers un canapé clair, lin froissé que frôle une ampoule géante à douille de marbre blanc, suspendue très haut, dont le fil en est tiré très bas. La personne pieds nus l'évite d'un mouvement de tête, d'une grâce féline. Nous sommes chez quelqu'un qui fréquente la lumière et n'a pas peur de se brûler. Nous sommes à la télévision a priori, car dans l'ensemble ces mouvements ondulants sur fond de Rachmaninov n'ont pas l'air bien naturels. Tout à fait. C'est pour la télé. Reine ne serait jamais chez elle à 15 heures. Reine a une boîte à faire tourner. N'allez pas croire que ça tourne tout seul.

Élargissement du champ. Apparition des gens de la première chaîne hertzienne, beaucoup trop nombreux.

Jusqu'à la fin de l'après-midi, l'équipe audiovisuelle boit le café de Reine, traîne un peu dans la mesure où le reste des sujets, chiens écrasés et fermetures d'hôpitaux, est effectué par une autre équipe tout aussi dimensionnée. On pose quelques questions dont les réponses s'énonceront en off, dissociées de l'image, pour un effet, dit-on sans rire, à la Godard. Reine remercie pour ces quatre heures de prise de vues, ça va être fantastique une fois monté.

Une semaine plus tard au même endroit Reine soupire devant les trois minutes dix entre le 20 heures et la météo qu'on ne l'y reprendra plus. Trois minutes dix de plans de Reine. Reine posant un livre, Reine au téléphone, Reine en proie à son quotidien de « compte de fée » pour reprendre le titre du dernier numéro des *Échos*. Une voix enthousiaste généreuse en qualificatifs dit ce qu'on voit : une femme de tête, femme d'intérieur, femme d'affaires, femme de chiffres, femme d'avenir, femme de pouvoir, femme de terrain, femme de goût. C'est fou tout ce qu'une femme doit être pour qu'on en parle, s'étonne à cinquante kilomètres la Reine Mère assistant à la même primodiffusion, c'est moi ou on n'avance pas ? On parlera de cette deuxième levée de fonds, des algues, de ce que les gens leur trouvent. À cinquante centimètres, à l'autre extrémité du nouveau canapé à fort potentiel télévisuel, Pierre se réjouit de pouvoir prendre ainsi des nouvelles de sa femme. Il constate qu'elle a changé de couleur de cheveux et tu me vois ravi d'apprendre que tu aimes Rachmaninov.

Reine, disons le précipité de calme, de concentration et d'autorité militaire qu'est devenue Reine en douze mois, rappelle qu'ils ont trouvé le temps de se marier. De quoi se plaint encore la moitié ? Qui à ce titre n'est pas majoritaire.

— J'ai vu ça, dit Pierre envoyant valser ce numéro de

Elle où l'on découvre c'est vrai, au gré d'un spécial « Mariez-vous ! » riche d'études de cas, Reine en blanc et Pierre de dos. Ils sont à proximité d'une sorte d'autel païen, en Toscane. Présence sur la photo de quelques célébrités de la cuisine et de la chanson qui sont de tous les barbecues. Val d'Orcia bien peigné, robe féerique et simple, vins de-ci, de-là, repas richement carné, optionnellement vegan pour les emmerdeurs. La perfection. Avec sa pointe d'ennui, aura noté Étienne, l'ami qui vous veut du bien. Pas l'ombre d'un verbatim de Pierre dans ces pages, mais interview de Reine, rappelant que tout ça tient sur l'amour, le couple, la structure. Et de qualifier le domicile conjugal de planche d'envol, tout autant que l'État Sauvage est une ruche. Et autres métaphores apicoles vantant le miel de l'effort que Reine jurerait ne pas avoir prononcées. Mais à force de répéter les mêmes trucs à tout ce qui agite une carte de presse, sait-on vraiment ce qu'on raconte ? interroge Reine. Dans le vide. Pierre est parti se coucher, il crie depuis sa chambre que si on veut lui faire un enfant il ovule, c'est maintenant.

Reine rit, ne bouge pas. Elle doit encore préparer une intervention auprès du vaste club des dirigeantes européennes autour du thème « Femme et dirigeante, l'impossible cumul des rôles : impossible pour qui ? ». Sous-entendu les limites c'est les autres, subtil.

— Tu viens ?

Pas tout de suite. Reine veut traîner, tous sons, tous feux éteints. Demain c'est l'anniversaire de Nathalie. Ce n'est pas un soir à rechercher sa compagnie et Pierre est censé le savoir.

À nouveau les alentours d'Évreux. Reine au cimetière sur la tombe de sa sœur, se gelant les fesses sur un grès moucheté d'or. Elle murmure, obligé, sauf à passer pour la folle qui parle toute seule. J'ai oublié, je t'assure, et je suis mariée. Je t'en parle une dernière fois et on passe à autre chose. Silence. Non, tu exagères, je n'ai pas attendu comme une idiote, j'ai fait des choses. Silence. Tu as raison, il me reste quoi. Le souvenir d'un type ordinaire, pour qui j'étais la fille ordinaire croisée dans le métro. Silence. Mais j'ai toujours, toujours cette impression de sortir du tambour du lave-linge, secouée, essorée. Silence. Non, aucune histoire, une demi-conversation, un tour en bateau, un café, un mail, je suis folle ? Silence. J'ai l'impression Nathalie d'avoir deux morts sur les bras, lui, toi. Silence et puis une sonnerie émane de la tombe. Non, de la veste de Reine. Prends tes pivoines Nathalie, j'ai un call.

Reine déjà ailleurs, à la limite de l'ubiquité. C'est fou. On espère au moins que c'est amusant. Elle descend les marches menant vers un auditorium, en sous-sol d'un Park Hyatt. Elle se surprend à traîner la patte, soupirer à chaque marche à l'idée de raconter encore la même histoire, écouter toujours les mêmes questions, répondre en souriant qu'il n'y a pas de recette, non, mais du travail. Elle s'en veut aussitôt de s'inventer des problèmes de riches. Pense à ta sœur, à la Syrie, pense à toi, cette fille à la tête de son entreprise florissante, Reine c'est toi, pas une autre, il serait temps d'y croire et d'en jouir.

Reine rejoint bientôt un aréopage de femmes verticales aux chevelures denses et mi-longues, au mètre 68 minimum. Soit dit sans vouloir supposer un morphotype de la dirigeante, mais tout de même on observera certaines répétitions. La plupart conservent la ride du lion alors que tout le monde la fige, en revanche les dents sont délicatement blanchies, le maquillage très discret et niveau garde-robe la soie domine. L'on notera enfin une alternance régulière d'étroits pantalons noirs et de jupes étroites marine, davantage de perfectos qu'on ne l'aurait cru, beaucoup de cuir de manière générale. Sur le plan capillaire, de tout. Des coiffures savamment indisciplinées ou sages ou franchement je-m'en-foutistes, beaucoup de blond après cinquante ans. Et tout cela ne signifie absolument rien, c'est histoire d'attendre que Reine rejoigne le pupitre, elle-même portant une blouse de soie rouge, des bottes jusqu'aux genoux. On l'attendra encore une minute. Reine vient de croiser Élisabeth qui précisément la cherchait pour la féliciter, lui proposer un déjeuner. Reine est enchantée, elle craignait qu'Élisabeth, depuis sa brutale démission voici presque deux ans, ne lui ait gardé un chien de sa chienne. Au contraire, évacue Élisabeth, vous auriez bientôt légitimement convoité mon poste et légitimement je vous aurais virée, disons convaincue de partir, tout va bien. On rigole, on s'appelle, on se serre furtivement la main, on ne se souvient pas d'avoir été si tactiles, si familières.

Voilà. Reine est au micro et doit encore trouver comment détendre cette assemblée :

— Hier soir mon mari m'a rappelé qu'il ovulait.

Rires escomptés. Et Reine de balayer le thème qui l'emmerde, en parlant de son obsession. L'État Sauvage, qui devrait essaimer dans les cinq ans, s'implantant une deuxième fois dans Paris, puis à Rome, puis à Londres. NY on oublie, un gouffre à fric, loyers trop chers, concurrence trop forte, clientèle trop chiante. Une femme encore plus jeune que Reine demande benoîtement, ça ne rate jamais, comment on fait. Tout commence, condense Reine, comme souvent, par une séparation ou plusieurs. Après quoi tout devient possible avec des rencontres. La fille veut des détails, des conseils, Reine lui demande en riant si elle écrit un bouquin, si oui prenons un thé, question suivante.

— On dit que la réussite est une affaire de couple ?

Reine est d'accord, la confiance que lui porte Pierre lui tient lieu d'amour-propre quand elle n'en a plus, la patience de Pierre lui laisse du temps quand elle en manque.

Elle ne parle pas du choc amoureux, du désir qui fait se renverser les tables, rebattre les cartes et courir les femmes d'un territoire à un autre. Peut-être qu'elle manque de recul. Ou d'humilité, ou de temps pour réfléchir à tout ça. La fille beaucoup plus jeune lève à nouveau la main.

Rue de Miromesnil, Pierre vient de s'allonger. Il a désormais du temps pour l'introspection, il a atteint son objectif annuel, il a sécurisé l'année, il n'a pas l'intention d'en faire plus, ce serait stérile. Pierre pense que Reine n'est plus vraiment là. Qu'elle poursuit une vie parallèle, laissant entre les bras de Pierre quelque chose comme un hologramme. Pierre pense qu'il n'est pas loin de perdre Reine et n'y sera pour rien. Le thérapeute s'inquiète de savoir pourquoi Pierre a besoin de ça.

— De quoi ?

De déclarer que Reine est sortie de sa vie. Pourquoi ça l'arrange Pierre ?

— Mais ça m'arrange pas !! se dresse Pierre arrachant au thérapeute qui en a vu tant d'autres, trop même, une esquisse de sourire. Peut-être las, peut-être indulgent. On ne sait jamais avec eux.

Peut-on prétendre avoir perdu quelqu'un qu'on peut trouver tous les jours au même endroit ? Pierre a admis la justesse du raisonnement quand il franchit en plein coup de feu le seuil de l'État Sauvage. Est-ce bien l'heure de discuter. Pour commencer, Pierre est mal reçu par un type qu'il ne connaît pas à grands coups de comment allez-vous. De quoi je me mêle ? Et voici qu'on lui colle un panier dans les mains comme s'il devait dorénavant passer à la caisse, d'ailleurs on l'informe qu'on ne prend pas encore l'Amex, de mieux en mieux. Le même type, au prétexte qu'il a percé ses désirs, le tracte alors vers le peel bar, une nouveauté, afin qu'on lui prépare le fameux masque oxygénant à base de wakamé, parce que ce teint, monsieur, ce n'est pas possible.

— Merci Adrien, ça n'ira pas ! crie Reine que l'on n'avait pas vue, planquée côté sortie de secours et flanquée de Julius. Ce n'est pas ça, Adrien, l'activité de conseil sur site. Ça c'est plutôt de la prise d'otage Adrien, et puis vous avez parlé d'achat, c'est vulgaire, vous avez mis le client mal à l'aise. Il est entré avec un désir, le client, et vous lui avez offert des problèmes.

— C'est ça, dit Pierre, exactement.

Sortie de champ d'un Adrien déçu mais avant tout surpris. En général avec sa bonne gueule tout passe.

— C'était quoi ? Une caméra cachée ?

— Un entretien d'embauche.

— On regarde quelqu'un faire trente minutes ce que tu lui demanderas toute l'année, développe Julius. Et non, avant que Pierre pose la question du droit à l'image, on ne filme pas, ce serait risqué. Les jeunes actuellement sont très au courant de leurs droits. Julius au premier chef, soit dit comme ça, au passage.

— Merci Julius.

— Tu les as toi, Reine, les trente minutes ?

Reine regrette. La prochaine demi-heure est déjà attribuée à un fournisseur, et celle d'après à la fermeture. Non ce soir non plus, il y a ce dîner d'appel aux dons pour la recherche, Pierre est invité, cravate obligatoire. La recherche contre le cancer. Du sein précisément.

— Et bien sûr c'est plus important ! s'emporte Pierre.

Ce n'est pas spécialement ce qu'il voulait dire, Pierre n'est pas pour le développement du cancer du sein, Pierre voulait dire autre chose mais on ne saura pas quoi. Pierre est parti. Plantée sur place, une Reine fatiguée qui ne cherche plus à comprendre. Ça fait deux mois, ce cirque, ces caprices. Et ce soir, sa main à couper, il oubliera la cravate.

Pierre sur le trottoir au téléphone se plaint déjà d'avoir essayé. On ne peut pas lui parler, docteur, on ne peut plus. Elle est à tout le monde sauf à moi. Bien sûr docteur, parlons-en plutôt au cabinet.

Reine dirait que c'est faux. Que Pierre surgit toujours alors que, confisquée par l'urgence, elle ne saurait être à personne. Et quand elle rentre, pas si tard que ça, quand elle dit c'est moi, il veut alors sortir. Voir du monde. Il faudrait savoir. Et c'est ainsi qu'ils ne se disent rien.

Trois heures plus tard à la fondation Vuitton, un événement dont il n'y a pas grand-chose à dire, sinon que tout le monde est venu, a acheté une table de dix couverts pour aider la recherche. À celle de Reine, ses trois principaux investisseurs et Pierre et Étienne, et deux Britanniques et un chercheur et un galeriste et deux filles décoratives que Reine est sûre d'avoir vues quelque part, mais où.

— C'est loué sûrement, murmure Étienne à l'oreille emperlée de Reine, quand c'est à base de fourrure et de Cartier, c'est loué. T'as dû les voir à Roland-Garros.

— Ma fille et sa fiancée, précise à voix haute le rond de Warm Capital.

— Enchanté, dit Étienne.

— De même, dit Reine.

— Quoi ? s'intéresse Pierre la tête ailleurs sûrement dans une affaire alambiquée d'exil de capitaux.

On mange bon mais froid car à la fondation Vuitton qui n'est pas un restaurant les cuisines sont loin des salles d'exposition où l'on se tient. Enfin on n'est pas là pour ça. Si, un peu quand même. On s'ennuie en anglais. Le rond de Warm Capital regrette à voix haute qu'on ne puisse faire une vanne sur le cancer, il en tenait une bonne qu'il va garder pour lui.

— Voilà, l'encourage sa fille.

Étienne, sur un temps mort, propose de pousser *Les lacs du Connemara*, au moins les deux premiers couplets. Pierre se retire, il a un avion tôt demain matin. Reine l'accompagne au vestiaire. Quand elle rejoint la table, Cyril a pris la place de son mari et l'entretiendra jusqu'aux liqueurs d'un riad dont il a financé la réfection. Une merveille du XVIe, à Casa. La suite où il pourrait emmener Reine dispose du seul accès au toit-terrasse. Et Cyril, se laissant aller à un genre de nostalgie postcoloniale avinée, d'évoquer, rêveur, la docilité du staff qui saura les traiter pour ce qu'ils sont là-bas, des pachas. Cyril, c'est définitif, ne gagne pas à être connu. Se laisser du temps pour le découvrir n'apporterait rien que des désillusions, c'est juste le genre de mec qu'il faudrait vraiment aimer pour ce qu'il est. Mais bon.

— On baiserait comme des malades, poursuit-il, convaincu.

— Excellente idée, dit Reine pour en finir, je t'appelle un taxi ?

Si l'on prend au hasard une journée de Reine, c'est vrai que l'on y voit beaucoup de monde, et rarement Pierre. Ce matin par exemple la dirigeante s'est levée alors que Pierre dormait, comme bien des gens et bien des volailles : il est 6 h 15. Elle a claqué la porte alors qu'il prenait sa douche, ils ne se sont pas croisés. Ce n'est pas contre lui, c'est qu'elle a un camion réfrigéré à accueillir avant l'ouverture. C'est que Julius, fichu d'être en retard, le bahut sans direction s'ira garer n'importe où, parions à l'entrée riverains, et on sait comment sont les riverains. Et ce sera à nouveau la dame de la mairie qu'on n'aura pas deux fois avec un thé, un diagnostic de peau, un soin offert avec Frida notre algothérapeute (encore que sur vous ce soit inutile, vous rayonnez, n'est-ce pas Frida).

Et c'est ainsi que la même dirigeante qui, la veille au soir, dirigeait les conversations au dîner Vuitton, dirige un poids lourd sur un boulevard, à l'aube. La matinée sera ensuite très occupée par le représentant du syndic gérant l'immeuble qui jouxte l'État Sauvage. On a repéré des infiltrations, la copropriété s'est rapidement convaincue de leurs origines :

la thalasso. C'est un bain bouillonnant et un hammam, peut toujours tempérer la dirigeante, on lui dira madame, c'est un facteur de dégâts des eaux. Reine a alors dirigé la personne vers d'autres hypothèses pour la diriger ensuite vers la sortie, et s'est dirigée elle-même, par anticipation, vers son assistance juridique. Après quoi, juste avant 13 heures, elle aura eu l'occasion de diriger une préparatrice sur une formation complémentaire, un client s'étant étouffé avec son jus d'açai et wakamé, mixé à la va-vite. Client qu'elle aura dirigé à titre de dédommagement vers la partie institut pour un petit moment de relaxation, offert par la maison. Avant d'avoir faim à en défaillir et de ne pas, c'est vrai, songer un instant à appeler Pierre pour déjeuner.

C'est donc chez Étienne, dans la poche intérieure de sa veste parfaite, que vibre bientôt un téléphone.

— Reine je t'entends mal, ça ne passe pas très bien dans le couloir.

— Encore ? Chaque fois que je t'appelle t'es dans le couloir.

— C'est là que tout se fait.

— Ton bureau et la salle de conseil c'est pour quoi ?

— Tiens oui, s'arrête Étienne dans son corridor.

Passage cinématographique de Donatienne, assistante de la catégorie des blondes hitchcockiennes recrutée par Étienne mais pas pour la regarder. Pour appâter dans son bureau certains décisionnaires. Sans quoi on passe sa vie à demander des entrevues, c'est épuisant.

— Donatienne on pourrait exposer des artistes dans la salle de conseil ?

Donatienne s'éloignant sans trop répondre, Étienne reprend le téléphone : il ne mange pas aujourd'hui. On est mercredi et hier soir c'était gras.

— Je suis en bas. Tu jeûneras jeudi. Descends.

— Je ne suis pas un mec si facile, déclame Étienne dans son couloir, qu'on l'entende.

Reine doit insister, avouer qu'en ceci, un déjeuner imprévu, tient le dernier ressort de la fantaisie, demander qu'on ne l'en prive pas et qui l'aime la suive, etc. La Régalade. Rue Saint-Honoré dans une demi-heure.

Nous y sommes. C'est dans l'ensemble rouge, boisé et chaleureux et l'on peut, si l'on a du temps, aller jeter un œil dans le laboratoire ouvert sur le fond de salle.

— Et c'est très bon, complète Reine, j'en peux plus du régime groupe B, je me suis remise à bouffer.

— T'es plus amoureuse ?

— T'es toujours pas P-DG ?

Soupirs associés vite éteints par l'arrivée d'un buisson d'asperges. Étienne trouve que Reine est pâle, décide qu'on va prendre un dessert, passer ici l'après-midi à digérer. Sur le coup de 16 heures on se rendra à côté, en l'église Saint-Germain-l'Auxerrois prier cinq minutes que se libèrent les meilleures places au soleil. Sur le chemin, on stationnera devant la vitre sans tain du Club Med Gym, on regardera les mecs sur les bancs de musculation, Étienne écrira sur la vitre son 06 à l'envers. Reine, qui doit visiter une connaissance à l'hôpital, s'interroge sur la pertinence du programme.

— J'ai vu ça dans un film, argumente Étienne. Mange, prie, aime. Si tu le fais bien apparemment, t'as tout ce que tu veux. Mon Dieu, Donatienne, quoi ?

Car pour que Donatienne surgisse de nulle part à la table de son patron, supposant que le portable d'Étienne est déchargé, c'est que quelque chose est arrivé. Quelque chose qu'on ne saurait exposer devant madame qu'on ne connaît pas.

— Balancez Donatienne, s'impatiente Étienne espérant l'AVC de Lancel, balancez.

L'usine mexicaine hors de prix.

— Eh bien Donatienne ?

Elle a pété. 18 morts dont 3 Français dont 1 du siège, dont Barberian.

C'est bien la mort de Lancel, en plus symbolique qu'envisagée. Et de son équipe.

— Ça pue, estime Reine comme certainement tous les habitants à trente kilomètres à la ronde de feu l'usine.

Plus tard dans la cuisine, un chef qui n'a pas l'habitude qu'on lui renvoie les assiettes voudrait le nom du salopard qui n'a pas touché au saint-pierre, un saint-pierre comme ça avec des cèpes français. C'est pas passé de mode de jeter la bouffe, depuis les Enfoirés ? Tu notes le nom, et la prochaine fois qu'il réserve tu me le passes.

On dénoncera Étienne, c'est lui, qui ayant perdu l'appétit s'est tiré avec Donatienne abandonnant le saint-pierre aux chiens. Il est déjà dans la rue.

— Je peux encore faire quelque chose pour vous ? demande Donatienne achevant sans plus tarder leur collaboration à coups de pompes, vous raccompagner au siège en voiture ?

C'est grave oui, tout ça. Mais nous étions occupés, nous, à pister Reine afin de savoir quel crédit accorder aux doléances de Pierre. Eh bien Reine, restée à table, se convainc de la nécessité d'un riz au lait, puis d'un café gourmand, avant de héler un taxi, repue.

La voici face à l'hôpital Pompidou, presque plus réussi, estime-t-elle, que le centre du même nom. Elle entre et, comme souvent dans ces endroits dédalesques et peu fléchés, elle se perd.

— La traumatologie ?

— Vous y êtes.

— La 34 ?

L'infirmière ne répond pas, sûrement suppose-t-elle que Reine sait lire. Ou que Reine est ce genre de fille crispante à prendre la terre entière pour son assistant. C'est vrai qu'elle a un peu cet air-là. Mais ce n'est qu'un air, à la rigueur un ton, on dit d'ailleurs autour d'elle que ça ne s'arrange pas, avec son petit succès. Surgissant de la chambre 34, on croise d'abord une mâle créature aux cheveux mi-longs, pointes grasses, les yeux flous et baissés avec, parions-le, une petite crotte aux coins intérieurs. Une expression générale faite de désespoir, de rage, d'hypoglycémie, d'effets secondaires de cannabis, de prêt-à-porter trop cher pour ce qu'il en fait. L'adolescent ne salue pas Reine et mollement déguerpit, rejoindre un monde à jamais mystérieux.

— Tu reviens ce soir à 18 heures, hurle Élisabeth depuis son lit, avec ta dissert ! Ou je te déshérite ! Bonjour Reine.

— La vache, dit Reine appréciant le volume de plâtre étreignant l'alitée.

— Je ne sais plus comment le faire réagir, cette endive. Je l'ai eu très tôt. J'ai encore pas eu le temps de lui gueuler dessus, je faisais autre chose. Du coup il m'a prise pour une conne. J'ai trois semaines pour corriger le tir.

— À ce point ?

L'adolescent, développe sa mère, arrête le lycée pour rejoindre de futures élites dans une pépinière à Montreuil. Une sorte d'école libre non reconnue par l'État et ne délivrant aucun diplôme par rejet du conformisme, de la paperasse et parce qu'au fond, au désespoir d'Élisabeth, ce n'est pas une école. L'enfant promettait d'y apprendre quelque chose d'irremplaçable dans le design, le graphisme, le numérique et de se déprogrammer, je cite. Afin de mettre tout cela en perspective, Élisabeth l'a envoyé chez le docteur Cohen. Ces gosses-là terminent toujours chez les lacaniens, de mon temps c'était chez les flics, c'était gratuit, aurait estimé le Reine Père s'il avait été sur place, si on l'avait sonné.

— Il a vraiment dit se déprogrammer ?

— Oui. Au sens de mise à jour.

Le jeune, invité par le thérapeute à réfléchir au motif de son décret a dit, en substance, avoir fait l'objet de beaucoup trop de programmes. Évoquait-il le programme scolaire (Seconde Guerre mondiale, démilitarisation de la Rhénanie, décolonisation, conflit israélo-arabe), le programme maternel (fais ce que tu veux mais sois le meilleur), le programme national (vote) ou encore européen (on l'attend toujours), on ne sait pas.

Élisabeth et Reine réfléchissent un moment de conserve et se décident, dans l'ensemble des cas, d'accord avec le mouflet. Il y a dans cela de quoi vouloir se déprogrammer jusqu'à l'os. Dans l'intervalle Reine a pris un siège et offert son chocolat aux algues qu'Élisabeth dévore, puis regrette.

— Quand c'est écrit sans sucre, c'est sans sucre, dites. Vous êtes dure à joindre. Vous êtes sur quoi, maintenant ?

— Ça va ? coupe Reine.

— D'après vous ?

Élisabeth a présentement une jambe en l'air, plâtrée, le bras gauche de même, jusqu'au coude. Un accident sur un tapis de course, des vitesses enchaînées trop rapidement, un SMS qui aurait pu attendre, tout cela sur un matériel sportif qu'elle connaissait mal. À un moment, elle avait vu le caoutchouc du tapis avec une netteté inquiétante et, trop tard, avait compris qu'elle se cassait la gueule.

Le premier arrêt maladie de sa carrière, avoue Élisabeth ne sachant déterminer si c'est ou non un triomphe. Elle en profite pour régler tout ce qui, en souffrance, peut se régler allongée. Lire les rapports d'études sur la place des minorités en entreprise, étudier de plus près le concept de *blockchain*, pourrir la gueule du mouflet dissident. Et accessoirement savoir si Reine cherche encore des investisseurs.

Reine s'y attendait. Voilà deux mois que les incroyants du départ prétendent désormais poser leurs jetons sur le tapis. Reine cherche plutôt à se débarrasser du flottant, c'est-à-dire des petits joueurs à 20 000 €.

Élisabeth avoue envisager une part plus conséquente.

— Ça vous ferait une femme autour de la table. Vous n'en voulez peut-être pas ? Vous n'avez que des hommes.

Reine arguë de la directrice de communication, de la chef de caisse, de la patronne des achats et d'autres jeunes femmes opérationnelles, grandes gueules et percutantes. Élisabeth ne veut braquer personne afin qu'on lui prenne son argent. Sa position et sa tenue (patte en l'air et blouse médicale ajourée) la comblent d'une suffisante sensation de ridicule. Mais si Reine permet, elle offre un conseil.

— Génial.

— Vous recréez précisément, dit-elle, ce qu'on vous avait évité. D'autant plus inconsciemment que vous ne l'avez pas vécu.

— Et quoi donc ?

— Vous laissez aux hommes les leviers de votre propre croissance.

Reine lève les yeux au ciel, puis toute sa personne du siège visiteur. Elle invite Lilibeth à renouveler ses filtres de perception. Ce n'est pas des hommes, ce sont des actionnaires, bordel. Le masculin, le féminin pourrait-on cesser de penser le monde à travers ces polarités de moins en moins évidentes, plus personne n'y croit.

— Et à quoi faudrait-il croire ? s'intéresse l'hospitalisée.

— À la neutralité du genre ? propose Reine. Quelque chose comme ça.

Élisabeth a tellement ri qu'elle a douillé, on a dû appuyer sur le machin à morphine, elle riait encore. Comme quoi tout le monde se détend. Il faut juste entendre la bonne vanne au bon moment.

Donatienne envolée, qu'aura fait Étienne de sa journée, on l'ignore ce n'est pas lui qu'on suivait. De même, on est censé ignorer, secret bancaire, ce qui se passe dans la salle des coffres à la BNP Opéra. Mais on fait ce qu'on veut. Ainsi surprendra-t-on Étienne quelques heures plus tard, étonnamment calme, bien habillé mais ça c'est tous les jours, extraire un pli d'une boîte verrouillée. Une petite bafouille, postée à lui-même afin d'être dûment datée par la poste. Étienne y rédige dans un français moins parfait qu'on l'aurait cru niveau concordance des temps sa position initiale quant à l'acquisition au Mexique. Il énonce un par un les arguments qu'il a opposés à son patron, les raisons pour lesquelles il a refusé le poste. Il anticipe précisément les risques environnementaux. Et bien en dessous de la réalité qui nous a depuis sauté à la gueule il pronostique le montant des pertes pour le groupe Fossilia.

On peut aussi, tant qu'à faire, s'informer du temps à Casablanca. Un petit 29. Tant mieux pour Cyril Diamant-Du Trevic, il vient d'y atterrir. Le riad est absolument ce qu'il a décrit à Reine. Immense et rénové, il sent encore la peinture, dans le hall trône une monumentale et circulaire fontaine. Le seul détail qui trahit la différence entre la réalité et la projection, c'est que Reine n'y est pas, qui sort à l'instant de Pompidou. Elle a oublié depuis longtemps l'invitation de Cyril, qui ne devait pas être plus sérieuse qu'une autre. Le billet Paris-Casablanca qu'il lui a envoyé est resté attaché à l'un des courriels qu'au vu de l'émetteur elle n'ouvre qu'une fois sur deux. Dommage. Ces hommes-là, certes, pardonnent pas mal de choses, notamment par amnésie. Ils ne pardonnent pas le sentiment du ridicule. Qui par exemple vous étreint à regarder comme un con l'eau bouillonner dans la conque dorée de la fontaine tandis que pavanent autour, bien accompagnés, demi-oligarques et quasi-stars du football.

Vous dirigez Warm Capital, vous êtes Simon. Votre sec associé, Raphaël, vous toise, c'est vrai, de dix centimètres. Si vous saviez que pour ces dix centimètres et peut-être un début de ceinture abdominale on vous distingue de Raphaël par le terme de « rond » vous seriez au désespoir. Dans votre bureau, rue La Fayette, vous vous tenez debout, seul avec Reine. Vous cherchez quelque chose d'intéressant à lui dire. Vous préférez la recevoir en présence de Raphaël, tout est plus facile avec lui, vous profitez par réverbération de sa décomplexion. Seul, vous vous trouvez ordinaire. Détrompez-vous. Reine apprécie pour le moment votre ressemblance lointaine avec Michael Douglas.

Voici Raphaël, qui ouvre les discussions, sans s'asseoir non plus. Vous êtes des hommes debout, des hommes pressés.

— C'est pas les serveurs qui restent debout quand tout le monde est à table ? s'enquiert Reine. Vous vous êtes jamais demandé ?

Depuis quand vous parle-t-elle comme ça ? Quelque chose, une inflexion dans vos rapports, a dû vous échapper, vous êtes sans voix.

— En psychologie comportementale, répond déjà Raphaël, ça traduit à la fois la volonté consciente ou non de garder le contrôle de la situation.

— Et à la fois, êtes-vous soulagé de compléter, un réflexe reptilien de survie : un homme debout est plus proche des sorties de secours.

Vous n'êtes pas mécontent de celle-là. Si cette gamine imaginait qu'on pouvait être Warm Capital à respectivement quarante-trois et cinquante-deux ans (pour vous) sans un peu de réflexivité, d'autocritique, elle peut constater qu'elle avait le doigt dans l'œil.

— On peut poursuivre, s'impatiente Raphaël ou on vous parle de nos mères ? Simon, dit-il, vous laissant comme convenu annoncer la nouvelle.

Vous avez décidé de soutenir Reine, de remettre chacun un demi-million. La rentabilité promise par Reine n'est pas exactement atteinte, mais peut-être n'avez-vous pas vous-mêmes suffisamment investi au départ, vous voulez bien l'admettre. Vous continuez à croire en l'exception que constitue Reine. Raphaël vous fait signe d'en faire un peu moins. C'est même exactement le moment où il s'agit d'y croire, concluez-vous.

— D'accord, dit Reine.

Vous pensiez légitimement qu'elle dirait merci, à la limite vous sauterait au cou. Vous adorez faire plaisir aux jeunes femmes et voir sur leurs visages s'en manifester les effets. Vous êtes frustré.

— C'est du vrai argent Reine, insistez-vous. De l'argent qu'on ne met pas ailleurs.

— Je sais. Et vous avez raison.

Las, vous laissez Raphaël dérouler la suite. À savoir, on

voudrait se débarrasser de Cyril, un type qui parle mal, qui n'est jamais là aux assemblées.

— C'est qu'il est à la chasse, vous apprend Reine. Il faut avoir son permis pour lui parler vraiment, paraît-il.

Voilà, ça fait donc beaucoup de problèmes. On va donc diluer Cyril. Recul de Reine qui voudrait être fidèle à son premier investisseur. On ne lâche pas les gens dans le virage, aussi Cyril Diamant-Du Trevic soit-il. Si ?

— Si, s'ennuie Raphaël.

Alors voilà où elle met sa gratitude, cette écervelée. Ça vous dégoûte, tiens. Raphaël passe déjà au sujet de la communication digitale. Trop centré sur Reine.

— Vous, votre vie, votre dernière coupe de cheveux, votre dimanche, vos films préférés, votre déclaration d'amour à la ville de Paris, la recette du chocolat chaud de mamie, vous vous plantez.

— C'est très suivi, les gens adorent.

— C'est l'enseigne qu'ils doivent adorer, c'est l'État Sauvage.

— Si vous voulez vous montrer, montrez-vous sur le terrain. En Bretagne tiens. Allez voir le fournisseur.

— Serrer des paluches et boire des coups de blanc sur le port ? Faut avoir le temps non ?

— Dites-nous que vous avez compris ou je vous renvoie à l'école.

Elle n'est pas bien passée celle-là, le coup de l'école, ça se voit. La fille renoue son foulard, se redresse.

— Jamais, dit Reine s'adressant à vous, jamais vous n'auriez dit ça à un mec.

Raphaël admet qu'il serait, en face d'un mec, à la rigueur

plus vulgaire. Il aurait dit : on n'en peut plus de ta gueule, on n'est pas au cirque. Bosse et rase les murs. Quelque chose comme ça.

Mais vous n'avez pas l'humour de Raphaël, d'ailleurs ça n'en est pas. Le soupçon de sexisme vous insulte. Avec ce que vous coûtent en fleuristes, en joaillerie les femmes de votre vie. Avec les efforts qu'on fait, songez-vous au pluriel, pour être ce qu'elles veulent qu'on soit, avec le mal qu'on se donne.

Et c'est vous qui, prenant la mouche, vous connectez pour lui montrer, rien que pour cette semaine, la nature de sa communication. Intérieurs, dimanches, cuisine de Reine, assiettes de Reine, Reine en scooter, Reine au marché. On nage dans le e-narcissisme ou pas ?

— On voit aussi beaucoup la marque. Regardez, là c'est l'enseigne, là c'est dans l'institut, là c'est avec Marie-Claire qui est en uniforme, là avec un client. On voit bien son sac.

Elle dit en somme que vous exagérez, qu'on est « sur une grosse présence » de l'enseigne. Vous persistez : c'est trop, Reine. Elle prend le parti de forcer la porte qu'on prétendait fermer, un classique adolescent. Vous avez des enfants, vous la connaissez cette rhétorique.

— Vous savez quoi ? C'est pas assez. Je vais faire un bébé.

— Pardon ?

— Ben si. Si je fais un enfant maintenant, la naissance est associée au lancement du deuxième institut. Photos, buzz, carton. Attendez je réfléchis, je commence à voir.

— On a compris, dit Raphaël, je pense.

— Mieux. Avec un bon acupuncteur j'accouche pile le jour de l'ouverture. Dément. Ça me ressemble ou pas ?

Bref vous l'avez vexée, elle vous provoque et tout le monde est énervé. Vous vouliez simplement qu'elle dise merci. Elle est partie, vous ressentez le besoin de vous asseoir.

— Putain les jeunes.

— Change de disque, Simon.

Reine laisse la rue La Fayette derrière elle, étonnée du trouble qu'elle garde de cet échange. Quelque chose entre la douceur et l'allégresse qui lui donne envie de s'acheter des tulipes. Elle continue à pied, bientôt un bouquet dans les mains, cherchant autour d'elle d'autres symptômes du printemps, ravie d'identifier un mec en espadrilles sur un vélo.

Elle pourrait rentrer à la maison.

Elle prendrait un bain, elle appellerait Pierre afin qu'il la rejoigne. Cette histoire d'enfant, c'est idiot, la comble d'un désir soudain. Elle se surprend à compter les jours après ses dernières règles, se sermonne, essaie de penser à autre chose mais recompte, s'en amuse puis, soudain grave, comprend. Ce serait parfait. Elle sait à présent que le subconscient dialogue avec elle par lapsus, ce qu'elle énonçait comme une plaisanterie n'était que verbalisation du désir, n'allons pas chercher plus loin. La maternité, la vraie, c'est maintenant.

Chez Reine entre l'idée et l'exécution il n'y a pas la place d'un cheveu, on commence à le savoir. Elle pourrait tout à fait, de ce pas qu'elle allonge, aller fonder une famille, comme ça, à l'arrache. On peut s'attendre à tout. Encore un peu, la voici devant la maison. Dans la cour de la rue Vivienne, le scooter de Pierre. Pierre est à la maison. Merveilleux. Parfois la convergence des désirs produit des situations telles. En Reine qui monte les marches grandit la confiance en l'univers. Pierre n'est pas dans le salon. Sûrement est-il dans la chambre.

— T'es là ?

Oui mais pas seulement. Une brune est à ses côtés. Reine remarque qu'elle est quelconque, puis remarque la singularité de leurs postures. Vautrés comme on l'est après l'effort, dans la diagonale du lit, son corps à elle en travers de son corps à lui qui déjà bafouille une phrase inutile, rassemble autour de la fille les pans du drap.

— C'est un peu tard pour la planquer.

Reine ne crie pas. Elle sait exactement et dans sa chair ce qu'implique la situation. Elle le sait parmi ces choses apprises nulle part et connues du fond des âges. Quand on invite une femme dans la maison d'une autre, le lit d'une autre, c'est qu'on s'en fout. De l'une et peut-être des deux. Qu'on est au-delà du mépris et très loin après l'amour. Tout juste faut-il nommer, chercher un mot pour dire « terminé ».

Qu'est-ce qu'on peut bien faire après ça ? On vomit, dans un premier temps, ça déleste. On se calme. On s'en met rapidement plein la gueule. On l'a bien cherché après tout. On a été éduquée comme ça, à coups de t'as ce que tu mérites. On ne va pas savoir se pardonner aujourd'hui. C'est ta faute, s'achève Reine, tu as tout fait pour, à force de rêvasser, de penser à toi.

Reine reste digne, n'appelle personne qui pourrait lui trouver des excuses. Tout juste Reine s'accorde-t-elle la grâce d'aller mourir dans quelque terrier. Le noir, un trou, une porte. Après, on verra.

Reine pousse de nouveau la porte en verre dépoli de l'État Sauvage, une douzaine de clients. Quelqu'un est-il présentement en soin en cabine, dans le hammam ? Non. La prochaine arrive dans trente minutes. Reine dit, à la stupeur générale, qu'on ferme. Elle répète puisque personne ne bouge. On ferme. Un problème électronique au niveau du serveur général met les caisses hors service, on est en somme paralysés.

— Ah bon ? dit Julius.

— S'il vous plaît dit Reine, par ici.

Bientôt l'État est vide. Hormis Julius qui téléphone, qui prend le temps d'annuler les rendez-vous en institut, si on veut bien le laisser faire son travail.

— D'accord mais après tu rentres chez toi, dit Reine disparaissant vers l'algothérapie.

— Ça va ?

Se dévêtant n'importe où, elle entre dans le hammam émeraude. Elle veut juste avoir chaud. Qu'entre elle et la 4G, elle et la chienne de vie, se dressent une paroi infranchissable et surtout l'odeur de la mer. Juste une heure. La vapeur l'accueille, l'infime bruit des valves dérange un moment sa léthargie, bientôt elle ne les entend plus. Elle a chaud. Quelque chose de doux et d'indifférent l'enveloppe.

— Madame ? Madame ?

Reine se réveille hors de la pièce carrelée. Tassée sous un amas de serviettes bleues, on la roule à l'accueil dans un fauteuil médical propulsé par des mains inconnues. Une torpeur la reprend dans les bras de l'engin où tout ce qui est vertical renonce. Elle se dresse, comprenant qu'on a appelé le 18. Ils sont là. N'importe quoi. Julius c'est toi ? Pas les pompiers enfin, c'est ridicule. Vous n'avez pas des gens à sauver ? Des animaux ? Avec tous les toits et tous les chats de Paris, vous êtes quatre autour de la conne qui s'endort dans le hammam à 40 degrés ? Quel boxon cette ville. Elle est déjà debout, cherche son sac.

Reine vit ensuite trois semaines comme une seule journée, ramassée dans la même sensation (le vide), les mêmes mots (bonjour, bonsoir, merci), la même tenue (un jean, un pull hors saison). Elle traverse vingt et une nuits assommée par la même molécule (la zopiclone, hypnotique). Pour les intimes, elle a conçu une phrase grammaticalement recevable (Pierre quitte l'appartement nous réglerons dans un mois les conditions du divorce), mais c'est tout.

Vingt-deuxième nuit dans l'appartement nettoyé de Pierre, des affaires de Pierre, de ses remords retentissants qu'on lui a dit de garder parce que Pierre n'est pas le salaud qu'il croit, qu'on croira qu'il est, Reine n'est pas seule. Au moins pour ce soir, elle ne pense plus. Ni à Pierre, ni aux lois du commerce, ni à l'océan. À ses côtés, tenant lieu de réalité solide, un corps presque inconnu. Il ne restera pas dormir. Inutile de retenir sa voix ou son visage qu'on ne verra jamais qu'à la lueur faible d'une lampe de chevet. C'est juste un homme qui l'a atteinte une seconde au centre de sa chair absente, qui lui a arraché un cri et le prénom d'un autre.

Allez, vous êtes Cyril, ça vous change. Vous êtes donc pour un moment dans la peau du connard de l'histoire. Vous pouvez en profiter pour être grossier, les gens ont l'habitude. Pour le moment, typiquement agaçant, servant les unes après les autres les balles creuses contenues dans un vase à portée de main, vous jouez seul au tennis de table. On se souvient de votre salle de réunion. Vous êtes en bras de chemise, chacun de vos mouvements étudiés vous renvoie votre propre effluve, un mélange de bois de santal et d'oranger. Pas désagréable. Vous êtes le genre de mec qui s'aime, capable de penser putain comme je sens bon, et même de le dire. Vous espérez que cette odeur envahisse le nez parfait de Reine, la dérange. Tout à l'heure, si vous y pensez, vous lui fumerez un début de havane dans la gueule, vous êtes chez vous. Reine, présentement en face de vous, pourrait vous renvoyer les balles. Elle n'est pas mauvaise du tout à ce jeu. Mais vous lui avez signifié à son arrivée, boudeur et tête à claques comme vous savez l'être :

— Nan. J'ai plus envie de jouer avec toi.

Et pour le moment vous approfondissez cette conclusion, tapant une balle à chaque phrase. À chaque phrase le bruit sec de la cellulose contre le kevlar. On espère au moins que le ridicule de la mise en scène ne vous échappe pas. On comprendra que la vexation nourrit vos paroles, que l'amertume choisit pour vous les mots, que depuis le début vous avez pensé cette collaboration avec votre appendice le moins irrigué, celui qui n'est pas conçu pour. Vous mettez fin à votre coopération avec Reine au motif officiel que l'État Sauvage est en désaffection, – 20 % de visites en un mois. Bruit sec de la balle.

— C'est la phase de stabilisation, ça veut dire qu'on a fidélisé 80 %, théorise Reine parce qu'avec vous c'est facile. Vous n'avez jamais rien théorisé, ça vous impressionne. Pas là.

— Tu comprends que dans ces conditions je me retire.

Et comme elle ne dit rien, vous supposez à l'intérieur, au revers de la parfaite façade, un naufrage. Un faon couché sur le corps de sa mère. À cet instant, vous voulez la sauver :

— Ça aurait pu se passer autrement entre nous. Ça peut encore.

Vous n'avez jamais été fin psychologue.

Vous la prenez de court, elle l'avoue, vous êtes décidément un chasseur habile. Elle venait vous l'apprendre, Warm Capital prépare une offre pour racheter vos parts. Votre absence ne changera rien à sa vie, sinon en mieux. En langue vernaculaire, ce n'est pas vous qui partez, c'est elle qui vous jette. Reine aurait pu garder cela pour elle, mais comme souvent avec Reine c'est déjà trop tard. En face, il vous reste la queue entre les jambes et une seule balle.

— Ok. Dalco ne travaille plus avec toi. Tu peux aller ramasser tes algues à la main.

Vous n'avez plus de cartouches, le vase est vide. Reine a pâli et vous êtes sûr d'avoir perçu un tremblement dans ses genoux. Vous n'êtes pas mécontent, moins ravi que vous ne l'espériez. Déjà, dans sa version touchante, Reine vous semble moins désirable. De ses yeux, le strabisme des couleurs désormais vous gêne. Vous posez votre raquette. Vous êtes déjà occupé à envoyer des SMS, vous ne faites pas semblant. Vous alertez la direction de Dalco que vous retirez votre confiance à ce partenaire approximatif, sans trésorerie, infidèle et sans avenir. Vous promettez de développer cette opinion autour d'un verre au cercle. Vous lisez votre texte à haute voix, vous êtes une belle saloperie. Vous préférez qu'on dise pragmatique, réactif, ombrageux. Vous remplacez cercle par golf. Les ploucs préfèrent aller au golf, c'est là qu'on fait des affaires à la télévision.

— Tu perds ton temps. Je vais aller les voir, on est des gros clients.

— Ils ne t'ont jamais vue. Ils se sentent méprisés.

— Je ne pouvais pas être partout ! Je.

Reine s'arrête net. Elle ne va tout de même pas se justifier devant un type comme vous. Vous ne voulez pas finir là-dessus d'autant que vous le savez : à peine aura-t-elle fermé la porte sur son corps dépecé, vous vous ennuierez. La chasse, la vraie, à Rambouillet n'est ouverte que dans deux semaines, vos enfants vous emmerdent, votre épouse disparue depuis longtemps dans les motifs du tableau.

— Si tu me ramasses toutes les balles, j'annule tout.

Elle a hésité, vous êtes sûr qu'elle a hésité.

Elle est sortie. Vous frappez la table avec la tranche de la raquette, vous y faites un trou, vous êtes un abruti ma parole. Cyril Diamant-Du Trevic, on ne vous reverra plus et c'est toujours un problème de moins.

Reine, par le train de midi, sera au Conquet en fin de journée. Laissons le port et le soleil qui commence à caresser les roches découvertes. C'est très joli, mais on est là pour affaires, pour convaincre le seul fournisseur de nous fournir la ressource essentielle à notre activité déjà pas bien vaillante. Ainsi Reine résume, à titre préparatoire, l'affaire au chauffeur de taxi. Le taxi ne se fera pas indiquer, paumée en fond de la ZAI, l'usine d'extraction et de traitement de laminaires. Il la connaît. Dalco fait vivre ici tant de familles, des bienfaiteurs, on ne peut pas que critiquer. Je dis ça parce que certains critiquent, je dis pas vous, mais certains. Là c'est les bureaux, ralentit le chauffeur sur une aire de stationnement à l'approche d'une gigantesque unité de béton, blanc et bleu. Et là c'est l'usine, c'est pareil, c'est juste une question d'entrée A ou d'entrée B. Vous c'est la partie bureaux, je pense.

— Oui.

— Alors c'est B.

Elle sera reçue par un sous-fifre, sorte de direction technique désagréablement inhabilitée à l'entendre et, de toute façon, inapte à lui répondre. À force d'insister, elle verra, en étage, une direction déléguée en cravate qui assistée de Morgane lui offrira un café et voudra bien, en attendant, la faire asseoir. La famille Du Trevic détient mademoiselle, oui madame pardon, 10 % du capital. C'est tout ce qu'il faut savoir. On préfère, c'est assez schématique, perdre un client qu'un investisseur. Voilà. Reine connaît-elle la région, Reine veut-elle quelques adresses ? Permettez alors. Vous longez ce couloir et les ascenseurs sont à droite. Ça ira ou Morgane vous accompagne ?

Tout cela est en train de finir encore plus vite que ça n'a commencé. À ce constat, Reine éprouve une immense lassitude et, pour s'en déprendre, l'envie de bouffées d'Atlantique en pleine face. Le train de Reine est dans trois heures, elle va pouvoir profiter du coucher de soleil sur l'embarcadère du Conquet, d'une crêpe, d'une bolée de cidre brut. Ou alors se pinter la gueule à l'entre-deux-mers toute seule avec un plateau de crustacés pour deux. Ou alors nager dans une eau à – 15 et se remettre les idées en place. Ces revigorantes pensées l'entraînent à pied sur la jetée au moment où l'accoste une petite vedette blanche qui lui rappelle quelque chose. Marin. Elle le voit sauter du pont par-dessus le bastingage. Évidemment elle le voit tout le temps, c'est le problème. Le mec est en Arctique et elle le voit partout, dans le métro, la glace de la salle de bains.

Non, tout à fait réel, c'est lui. Marin. Pas le fantasme de Marin, le vrai qu'on peut toucher. En jean noir délavé, en bottes, un col roulé blanc style irlandais, ces cheveux pas possibles et rien d'autre.

Bien sûr c'est un peu gros, presque trop, mais rien à faire :

c'est lui. Il l'a vue aussi. La seule femme sur le port. En imperméable mastic, un pashmina ocre de la taille d'un drapeau flottant autour d'elle, elle est inratable.

Alors c'est, pour Reine, ce qu'on appelle, dans l'art du tricot, le pompon, et dans celui de l'épée le coup de grâce. Il s'approche. Et derrière lui ce n'est pas l'océan Arctique, c'est bêtement la flotte bretonne. Il s'est foutu de sa gueule. En Reine une rage monte et puis s'abat, comme s'abattent les voiles fatiguées, faute de vent pour les dresser.

Quand il sera devant elle, hésitant à sourire, elle n'aura presque plus de voix. Filera entre ses lèvres salées le son mince, sans coffre, de l'épuisement qui vient juste après la colère.

— C'est ça l'Arctique, c'est ça ta mission ? Mais je t'avais rien demandé moi. Je t'avais rien demandé ! Vous me faites tous chier !

Elle a fait demi-tour, très vite, un mètre de cachemire après elle.

Lui, on suppose qu'il est resté planté là. Parce que, entre le port et la gare, Reine n'a vu personne sur ses talons, Dieu sait qu'elle a pris son temps, s'offrant même le luxe de rater le train elle a dormi à l'hôtel, lourdement, sans rêve, sans téléphone, jusqu'à 9 heures.

Paris, ses monuments, son fleuve, son histoire, on retrouve tout cela le lendemain pour faire le point au Café de l'Alma. C'est surtout Simon qui parle, Raphaël a repéré un chat, le chat tigré du Café de l'Alma, et pour le moment cherche à le séduire.

— On en met partout des chats. C'est la mode? meuble Reine.

— C'est surtout la mode des souris à mon avis, suppose Simon.

— Oui. Aussi, oui.

Il faut bien sortir de l'impasse de cet échange, aussi Simon commence-t-il sans Raphaël, tant pis. La situation à l'État Sauvage se résume en ceci : défaut de fournisseur, donc défaut de matière première, on tiendra dix jours avant le chômage technique. On est face par ailleurs à un petit problème d'opinion. Cyril, médiatisant aussi élégamment qu'on pouvait s'y attendre sa défection d'investisseur historique, se répand dans tous les cercles de la République et des affaires.

— Il dit quoi ?

— Que je vous baise, intervient Raphaël le chat dans les bras.

— Et pas moi curieusement, dit Simon.

— Que vous ne valez rien, poursuit Raphaël, que vous avez embobiné la terre entière.

— Merci, dit Reine, j'ai compris.

— Que vous êtes finie.

— Et c'est fini ou pas ? expire Reine car elle est fatiguée ces temps-ci.

L'hypnose sous zopiclone, ce n'est pas vraiment du sommeil. Mais reprendre le yoga, l'idée même l'ennuie.

Alors non ce n'est pas ça la fin. La fin on la reconnaît en ceci qu'on est seul. Nous sommes, Reine, présentement trois, recompte aimablement Raphaël, omettant le chat. C'est une étape. Il s'agit de rassembler ses forces. Mais si Reine, il vous en reste. On trouve des solutions, on s'adapte, on fait des efforts, on peut encore faire mieux, le plus dur qu'on pensait derrière est simplement devant. On pourrait par exemple investir dans un bateau et, obtenant une autorisation d'extraire en mer d'Iroise, employer ses propres goémoniers. Qu'en dites-vous Reine ? L'investissement deviendra intéressant dès lors qu'on ouvrira un second État Sauvage. Tout cela bien sûr est long. Il va falloir, Reine, à nouveau se faire un peu mal, c'est tout. Ce sera désormais une question d'endurance. Et d'envie.

Ou alors, dit Reine écrasant au fond de son café froid un morceau de sucre, vendre ?

Un temps. Raphaël qui de dépit laisse échapper le chat.

— Super, dit-il.

— Cassez-vous le cul, dit Simon.

V

Pour faire ses adieux aux murs blanc écume, aux carreaux plus verts que bleus, Reine choisit un dimanche. Ça consiste en rien, faire ses adieux. Entasser dans un sac en toile un cadre, une cafetière, un pull. De l'intérieur, elle verrouille le panneau de verre dépoli, il n'arrivera plus jamais rien d'intéressant par cette porte. Quoique à l'instant un Étienne vitaminé tape au panneau comme un sourd. On le fait entrer car c'est Étienne, c'est un minimum.

Dedans pour un moment encore, on bavarde. Elle dit éprouver dans ce dépouillement une émotion neuve. Et si elle osait, si ce mot n'avait pas franchi toutes les lèvres de tous les poètes, elle dirait de liberté. Elle a pris des contacts pour travailler à l'étranger. Tu comprends, j'ai besoin d'îles et de terre lointaine. En face Étienne affiche la mine louche du gars en vacances.

— Moi c'est pareil embraye-t-il, liberté.

— Merci Étienne. C'est exactement là que je voulais en venir, à toi.

— Ça tombe bien, poursuit Étienne, frétillant de la nouvelle qu'il va annoncer, à savoir : le board m'a proposé la direction générale.

— Oh mon Dieu !
— Oui ! J'ai dit non !
— Hein ?
— Une fois pour toutes, on dit comment. Non, j'ai dit.

Ne sachant comment le meubler, Reine laisse s'installer un peu le silence qui s'invite. Étienne n'a pas l'air pressé. Étienne veut-il un thé ? Étienne n'a pas la force.

— Je vais faire bouillir l'eau et je te porterai ta tasse. Repose-toi.

Étienne n'a pas la force de diriger. Il le sait. Il l'a compris quand il l'a touchée, son étoile. Et quand il l'a touchée, elle s'est éteinte. Il avait connu ça une seule fois, en amour. Il dit d'un trait sans respirer que c'est sûr il n'a pas le quart de la moitié de la résistance. Il insiste, pas le quart de la moitié, de l'humour qu'il faut pour endurer ça. La solitude déjà. Il dit je n'y arriverai pas, les haines que tu fais converger, les syndicats, les cinquante mille personnes qui te prennent pour leur mère, qu'à ce titre tu vas blesser, un jour ou l'autre décevoir. Te faire traiter de voleur par la moitié de la France ou la moitié de la presse, obligé de t'en foutre sinon tu dors plus, les types comme moi qui rêvent à voix haute de te planter dans le dos, les lois que tu enfreins sans avoir le temps de les connaître et à la fin une usine qui pète et tu pètes avec, t'auras quoi au final. Un cancer, du pognon, un juge aux basques.

— Il se peut que tu noircisses le tableau, un peu.

— Et alors, si c'est celui que je vois, je te dis, quand je m'approche.

Sur quoi Étienne marque un silence pensif au-dessus de la tasse, la vapeur du thé lui inspirant une dernière remarque.

— Ton père il m'a dit un jour, un dirigeant c'est quelqu'un qui a trouvé plus intéressant que le sexe.

— Mon père t'a dit quoi ?

— C'est peut-être pas mon cas. Le sexe j'ai peut-être pas complètement fait le tour. C'est peut-être ça.

— Tu leur as expliqué tout ça, au conseil ?

— Pas en détail, je le garde pour mon livre, j'attendrai pas soixante ans pour écrire. J'ai dit que j'étais un soldat, au fond.

— Au service de ?

— Plus grand que moi.

— Sans déconner, il y a encore des gens qui parlent comme ça…

— Non. Y a moi.

On évoque ensuite des investisseurs, Étienne veut savoir comment Reine a conclu, disons défait, les choses. Étienne restera sur sa faim on ne va pas exposer, ce serait pénible, les modalités d'un rachat d'exploitation. Non elle n'a pas revu Simon et Raphaël depuis le Café de l'Alma, on s'entretient par téléphone des urgences, par mail des détails, notamment des chiffres. C'est suffisant.

— C'est tout, ça s'arrête comme ça ?

— Tu voulais quoi ? Un feu d'artifice ?

— Mais l'élégance ? insiste Étienne, qui ce jour-là l'incarne : bottines étroites et caramel cirées à se voir dedans, costume marine de laine froide coupé sur l'homme, t-shirt comme une peau, ras-du-cou en modal, chiné gris. Tout le monde, soupire Reine, retrouvera sa mise et un peu plus, une fois dédommagés les fournisseurs, payés les salaires. C'est ça l'élégance, pas plus. Étienne cherche quelque chose, alentour de sa tasse.

— T'as pas un gâteau ?

Non. L'État Sauvage, se défend Reine que personne n'attaque, n'est pas le naufrage que décrit Cyril dans une récente interview. Simplement une histoire courte, intense comme sont intenses et brèves les passions. Au terme d'une passion on passe à autre chose.

— Une biscotte alors, un truc à tremper ?

Non plus. Il faut apprendre à finir. Telle que tu me vois, Étienne, j'apprends à finir et ne t'inquiète pas pour tes sous, tu les auras.

Étienne n'a pas connu de passion depuis lord Byron et ne veut pas qu'on lui rende son argent, il le préfère dans les mains philosophales de Reine. Il ne veut qu'un biscuit et que Reine soit ce vendredi à l'ouverture du musée d'Orsay, à 8 heures. Le musée d'Orsay accueille le public à 9 heures en effet, aussi ne pense-t-on pas au public mais aux distingués invités d'une visite privée. Étienne aimerait qu'à ses côtés Reine apprécie les collections. C'est tout, c'est pour lui. Reine imaginait ce vendredi-là revenir au yoga Kundalini niveau 2, titiller son serpent de feu, sa part divine, mais d'accord. Va pour la peinture. Mais ne me refais pas le coup des *Nymphéas* à l'Orangerie, ça ne m'a jamais fait du bien moi les *Nymphéas*, ils m'angoissent. Toute cette eau croupie sous les feuilles, sous les fleurs, je vois dessous des corps morts, des oiseaux, des gens. Pas toi ?

— Je voyais des fleurs, le printemps, dit Étienne. Mais maintenant c'est foutu.

Jusqu'au vendredi, Reine ne pensa pas beaucoup, rédigea des mails au kilomètre, ne vit personne ou presque, mangea peu, essentiellement froid, et le vendredi matin fut à l'heure dite, à l'ancienne gare, du bon côté de la Seine. Étienne aussi, en avance.

Le musée d'Orsay pour vingt personnes, rapporté à la surface, c'est le musée d'Orsay pour soi, c'est pareil. C'est très agréable.

— On n'est pas obligés de remonter les salles au pas de charge, fait observer Reine à Étienne qui la tracte le long des impressionnistes. On cherche quoi ?

— Un Sérusier.

— C'est quoi ça, c'est qui ?

— Il est là, murmure le cicérone s'arrêtant dans une salle vide dix mètres derrière un visiteur dont on voit le dos.

Un peu taillé, un peu viril, une veste bleu sombre marquée à la taille, une raideur, un cheveu militaire, en brosse, tout ça évoquant un homme que Reine connaît bien, enfin un peu. Raphaël de Warm Capital. Il se tient, parfaitement immobile, devant une toile parfaitement postimpressionniste. On va attendre qu'il se retourne. Le temps d'atomiser à voix basse un Étienne fier de lui.

— Mais qu'est-ce qu'on fout là ? C'est quoi ce traquenard ?

— C'est *Le talisman* de Paul Sérusier, c'est à tomber. Vas-y.

— Vas-y quoi ?

— Lui parler ! Tu lui dis merci. Pour sa confiance, son expérience, tu trouves. Que tu le quittes pour sauver son argent, pour grandir, un truc comme ça. Pas juste parce que t'en as marre. T'es polie quoi, un peu classe.

— Et ?

— Et on se casse. T'as vu l'heure ?

À ce moment Raphaël les a entendus, a frémi dans sa

contemplation, a toussé. Étienne a poussé Reine, l'a regardée marcher vers le Sérusier, dire quelques mots, a vu le grand bouger les lèvres, poser un doigt dessus, adresser un bref regard à Reine qui est revenue vers lui.

Ils sont sortis, rien à foutre des Van Gogh.

— T'as dit quoi ?

— Ton truc. C'est pas comme si j'avais eu le temps de préparer.

— Il a dit quoi ?

Il avait dit d'accord, pas plus. Avait demandé qu'on le laisse à présent avec son tableau.

— C'est vraiment le sien. Il l'a prêté à vie au musée. Il passe une heure devant, une fois par semaine.

— Comment tu sais ça, Mazarin ? Où t'as appris tous ces trucs ?

— J'ai trois cents ans.

— Parce que ça, c'est des réflexes qu'on biberonne sur les genoux de son père sénateur on est d'accord ? Et comme le tien était chef d'atelier…

— Au fait bravo. Tu sais qu'il a vraiment existé Mazarin ?

— Ta gueule.

Attrapant la main de Reine, Étienne dit c'est con j'ai envie d'un truc à base de fromage fondu, de sucre. Mou de préférence. Le premier qui voit un McDo invite l'autre.

Précision dans l'hypothèse où l'on n'aurait pas le temps d'y revenir : cette petite virée à Orsay fut hautement bénéfique à l'avenir de Reine.

Vous êtes Marin, celui qui passe, qu'on désire et qui s'en va. Eh bien c'est terminé, ces conneries. Vous avez annoncé votre retour à Paris à la femme qui l'attendait.

Vous n'êtes pas sûr au fond qu'elle l'attende.

D'ailleurs vous n'êtes jamais sûr de rien, vous doutez de tout, vous avez l'air de tenir un cap et vous êtes le dernier des paumés. Vous avez appris que Reine était seule, vous êtes inquiet. N'importe qui a pu lui présenter n'importe qui dans l'intervalle. Le monde est peuplé de types plus rapides que vous.

Elle a accepté votre rendez-vous. Tandis qu'elle pense avoir accédé trop vite, craint de passer pour une affamée, vous débordez de reconnaissance, révérez sa mansuétude. Bientôt quelque part, évidemment vers Saint-Germain, vous l'avez devant vous, déjà esclave d'une sensation aux amoureux bien connue. Celle de l'avoir quittée la veille. Vous êtes sec, dessalé, vous aurez désormais tout votre temps pour cette fille, décidez-vous. Elle ne dit rien, ce n'est pas grave. Elle a minci. Vous ne savez jamais comment interpréter l'affinement des femmes, s'il faut en parler ou pas. Vous jureriez que pour la première fois ses yeux ont la même couleur. Vous donnez une explication rationnelle à votre présence, à tout le reste. Seule la raison meut les hommes, vous ne serez pas celui qui prouvera le contraire, pas tout de suite. Votre explication est plausible, quoiqu'un peu trouble. Le séjour en Arctique avait bien eu lieu, six mois, qu'on avait envisagé de prolonger d'un an, c'est vrai. Envisagé seulement, car il s'était brutalement interrompu. Une affaire d'assurances dont les tenants étaient complexes, ennuyeux, et les aboutissants sans appel : on ne mène pas ce genre d'expédition, au prix du matériel et de la vie humaine, sans être assuré. Aussi du Nord étiez-vous revenu, après sept mois de recherche. Ensuite, le travail, le dépouillement des données, la vie, vous n'aviez pas eu le loisir de contacter Reine.

Vous mentez, évidemment.

Vous attendiez comme à la guerre que ça s'éveille dans la tranchée d'en face, que ça vienne sur vous.

Elle ne dit toujours rien. Est-ce qu'elle vous juge, est-ce qu'elle s'emmerde, est-ce qu'elle songe à quelqu'un qui l'attend quelque part.

Elle vous écoute, imbécile. Elle écoute votre voix lui aimanter le sang, comme la lune avec la mer. Ça devrait vous parler, ça.

Après quoi, désœuvré dites-vous, vous aviez avec un ami décidé de faire a priori n'importe quoi. Cultiver vous-même l'algue rouge qui ne se développe qu'à trois cents mètres de fond et uniquement à Ouessant. C'est alors que Reine vous avait croisé en Bretagne. Tout cela est vrai.

— Toujours la même, la rouge qui sent fort ? dit-elle enfin.

La même. Une trouvaille insistez-vous, arrimant vos yeux

aux yeux contraires de Reine. La cultiver c'était inédit, long, mais à l'heure où vous parlez on y était presque. Il avait fallu obtenir une concession sur l'île. La caution scientifique que modestement vous constituez avait permis d'accréditer le projet, d'accélérer les choses. Quant à l'odeur, c'était en effet, dites-vous, la blessure de cette algue. Aussi avec quelques chimistes l'aviez-vous contemplée. De loin, de près. Jusqu'à ce que l'algue se laisse soigner. Vous n'êtes pas gêné, elle a bon dos l'algue rouge. Dites-lui que c'est elle, elle, que vous voulez soigner.

— On sous-estime la part de la poésie dans la formation des biologistes, se défend Reine comme elle peut.

Vous approchez car elle vous magnétise. Tant pis, vous serez à découvert. Vous pourriez presque lire l'inscription sur sa médaille. Elle dit si c'était un examen ophtalmologique, c'est raté. Vous pensez qu'elle est sans merci, vous ne la connaissez pas : on est au maximum de ce qu'elle peut supporter, niveau charge émotionnelle, aidez-la.

— Le prénom de ma sœur. C'était sa médaille. Elle est morte.

— Alors c'est ça, tout ce que vous faites, si vite. Vous vivez pour deux.

Vous parlez enfin sans réfléchir et c'est bien. On le mérite.

Après, voyant qu'elle regarde vers les issues, vous reprenez in extremis le cours de la conversation rationnelle. À propos de ce problème d'odeur, vous dites l'avoir vaincu. Un nez, pas le vôtre, a découvert une formule qui rend l'algue exploitable.

— C'est formidable, se remet Reine, vous allez pouvoir enfin la vendre en cosmétologie ?

Vous souriez. Vous attendiez ce moment d'ouvrir devant

elle cette porte comme une autoroute. L'industrie du luxe et leurs Élisabeth patienteront, dites-vous. Tout de suite, on tente autre chose. Comme effleurer sur la nappe l'extrémité des doigts de Reine. Qui réagit comme on peut s'y attendre, se dresse d'un bond, prête encore à disparaître. Vous vous levez aussi, vous la suivrez s'il le faut.

— T'as raison allons faire un tour, qu'on respire, je te raconterai la suite en marchant.

Vous nagez dans l'eau de rose. Vous vous en foutez.

Avec elle, vous déambulez dans Paris, à l'heure des engorgements automobiles comme dans un village de Sicile. Vous réduisez votre trop grande foulée pour prolonger les rues, les instants. Elle adopte votre rythme, vous lui racontez la suite. Vous avez appris la retraite de l'État Sauvage. Vous avez, c'est bien sûr sans rapport, une idée. Un projet à la mise en œuvre duquel seraient bénéfiques l'image de Reine, son expérience, la connaissance qu'elle a des investisseurs. Vous ne la terrifiez pas, vous êtes habile, vous parlez sa langue. Vous êtes prêt à tout.

— Je vois, dit Reine.

Encore une proposition de collaboration qu'on est censé prendre pour une tractation sans arrière-pensée, personne n'est dupe. L'eau de rose vous arrive à la taille. C'est alors que vous plongez. Obliquant à gauche, vous entrez dans une boutique Armor-Lux de la rue Vavin, vous y choisissez sans que Reine parvienne à vous interrompre des bottes de caoutchouc et ce bonnet rouge qui s'est longtemps porté chez les Cousteau. Dehors, vous les offrez à Reine pour qui c'est encore beaucoup trop d'émotion, et qui plus est sa pointure : elle doit partir, son colocataire l'attend. Il a cuisiné, elle avait promis. Elle détale.

Il s'en fout le colocataire, c'est Étienne, et de là à ce qu'il cuisine. En effet, on avait jugé que réunir sous un seul toit deux solitudes divisait déjà le problème par deux. Ça reste un colocataire pianiste qui vient de découvrir Keith Jarrett, et frénétiquement cherche à l'imiter avant que ça lui passe. Il faut crier pour se faire entendre au-dessus des gammes.

— Étienne ! Il sait ma pointure ! Et il m'emmène sur une île !

Pour le moment, c'est juste un 37 et un rendez-vous dans la vase, en Bretagne en novembre, la fait dûment redescendre, après explication, l'ami qui sera toujours là, lui.

Ouessant, deux semaines plus tard. Ne reparlons pas du bien que ça fait de sortir de Paris, on commence à avoir l'habitude, on n'est pas loin de trouver cela naturel, ces sauts en Bretagne. Idem, la navigation. Parcourant la nouvelle parcelle d'algues rouges aussi bien que si, sur terre, il se fût agi d'une culture de céréales, Reine et Marin sont encore sur un bateau, penchés sur des flots sombres et un poil agités que bientôt perce un casque noir. Christophe, scaphandrier.

— Alors ? dit Marin.

Alors pour Christophe c'est parfait, la culture sur les filières de coton prend au-delà de tout espoir. Bientôt l'Asparagopsis (en latin de pharmacie) aura atteint la taille justifiant la récolte. Et abordant lourdement l'esquif Christophe tire avec lui une corde frangée dans sa longueur d'une végétation sanguine. Reine peut voir et peut toucher. Prenez-les, ça ne mord pas.

— On les appelle, dit Marin, les harpons de Neptune. Elle ne pousse qu'ici et ajoute-t-il c'est à nous.

— Les harpons de Neptune, répète Reine pour elle-même, pour l'entendre.

Reine ne bouge pas, à ses pieds les morceaux de cordes abattues. Elle connaît à cet instant un état contrasté entre le calme et la fièvre, sent que quelque chose se dénoue entre le passé et le présent, la gorge et le ventre.

Sur l'île, on parcourt ensuite une lande de terre, à cent mètres du champ sous-marin, où pourrait s'élever l'usine, le laboratoire de traitement des algues. On n'achète pas, ici, on est invité. On est locataire de la roche comme de l'eau. Plusieurs chimistes sont d'accord pour s'installer à l'année à Locmaria, avec âmes et familles. Pour le reste, les habitants seront formés à la culture, récolte, manutention, étapes primaires de l'extraction et du traitement. On devra encore trouver quelques commerciaux. Ici quelques bureaux, ici la partie biologie. Marin imagine, il n'y connaît rien mais il imagine c'est pareil, qu'on peut fabriquer sa propre gamme de cosmétiques, qu'on ne saurait vendre toute la production, ce n'est pas l'idée, une partie seulement. L'idée c'est d'être chez soi, d'être un paysan et un roi. Marin a le sentiment de parler tout seul, Reine depuis le bateau se tait, à quoi pense-t-elle.

Qu'un homme l'a conduite sur une île demi-vierge et lui propose d'y rester, qu'il décrit depuis dix minutes l'état sauvage qu'elle avait voulu déclarer pour elle-même. Qu'en termes industriels ce qu'il dessine s'appelle la verticalité. Et vertical, c'est bien.

Marin continue. Il s'agirait de produire, de tenir, moins de diriger que de vivre ensemble. Il n'en revient pas de son culot, il le dit. On ne demande pas aux gens de vous suivre les yeux fermés sur une île de cette taille, je m'en rends bien compte. Reine fait la différence entre les hasards et les rendez-vous, elle sait la valeur de ce qui vient sans qu'on l'appelle. Elle dit qu'à trente-quatre ans il s'agira de sa troisième vie. Ça va, c'est décent.

À présent elle voudrait terminer seule le chemin des douaniers, on parlera mise en œuvre dans le train.

— Déjà ?

— Pourquoi ?

D'accord, retrouvons-nous au terme du trajet sur la plage. Reine s'éloigne. Elle ne fuit pas, non elle s'éloigne. On progresse.

À 17 heures, avec le soleil froid qui semble vouloir fixer la mer aux roches anthracites, la plage est un piège aux esprits romantiques. Il a dû s'en prononcer des serments à cet endroit, autant que se produire de gamelles sur les tapis d'algues brunes. Ainsi Marin décrit précisément la carte postale à sa désormais proche collaboratrice, qui ne voit pas où il veut en venir. Qui n'imaginait pas cinq minutes que ce soit le genre de type à dire ce genre de choses dans ce genre d'endroit.

— Je me suis sauvé.

— D'où ? tâtonne encore Reine mais elle va comprendre laissons-lui deux minutes.

— Il y a deux ans, l'Arctique, je me suis sauvé. J'ai dit oui parce que j'étais amoureux.

— De qui ?

Ce n'est pas qu'elle est bête, c'est qu'elle veut être sûre. Et c'est son rendez-vous sur la plage, c'est son marin, elle dit ce qu'elle veut. On a déjà bien de la chance d'être là, silence.

— J'avais peur d'être.

Il cherche, elle attend.

— Pris.

On ne saura pas ce qu'ils se sont dit ensuite, ce ne sera jamais confié à personne. Lui, l'océanique, ça concernait la peur de l'amour, quand ayant pêché une sirène, terrifié, on la rejette à l'eau pour foutre le camp à l'autre bout de la planète. À l'autre bout de la planète, échouer à oublier, ni dans le corps des autres, ni sous l'eau. Échouer tout court. Rester loin comme on résiste. Et puis revenir, rompu, peut-être pas exactement décidé, mais prêt, ignorer à quoi, rester calme. Elle, la terrestre, tandis que le soleil tombait derrière sa ligne, aura parlé d'éveil. Avant l'éveil, cette secousse qui vous précipite ailleurs, là où il s'agissait d'être depuis toujours. Après des mois d'attente, de fiction, penser que ça s'arrête là. Prétendre l'avoir oublié, savoir qu'on n'est pas du bois des femmes de navigateur, et pour mieux y croire bâtir une forteresse sur terre. La perdre. Et découvrir ce qui reste. Une femme longtemps amoureuse, toujours amoureuse, qui a perdu sa sœur dans une autre vie et ça aussi c'est fini. Une femme enfin passée du côté du deuil où l'on ne parle plus au néant, qui n'a plus à vivre pour deux. Une femme puissante.

Maintenant Reine ne sait où regarder, que faire de ses mains qui comme d'habitude voudraient jouer l'une avec l'autre, elle s'en couvre le visage, les éloigne vers ses tempes, lisse ses cheveux, les place dans ses poches, en extrait une qui va se nouer à l'avant-bras de Marin, voilà simplement. Et Marin de supposer à voix haute, à propos de Reine, croire qu'il l'aime.

— Il faut du courage pour dire ça. Moi je ne l'aurais jamais eu.

Et on peut les laisser réfléchir à la répartition du courage dans cette histoire. On peut les laisser s'embrasser. On est en train de finir là-dessus, on ne va pas y couper. Dieu que c'est tarte, ne les louperait pas Étienne, la mer, le soleil, le sable, j'aurais honte.

☆

Encore une heure. Encore à Ouessant, dans une maison basse où dominent le granit et l'ardoise, une cuisine où domine le bleu et de nouveau, à croire que c'est pour nous, un grand soleil. Encore une heure pour lire avec Reine la presse nationale. En page 1 l'annonce d'un remaniement ministériel. En pages intérieures la candidature argumentée d'Étienne à ce gouvernement. Ça ne manque pas de gueule, de références, dans le genre offre de service. Étienne, aussitôt contacté au téléphone, traité de tous les noms disponibles pour dire cachottier, dissimulateur, se mange les ongles à Paris. Il n'est pas sûr que le président lise *Le Monde* jusqu'à la page 10, il attend l'appel de l'Élysée. Alors si Reine pouvait libérer la ligne.

Élargissant le champ autour de la longère blanche, prenant un peu le large, on survole une surface d'exploitation. Deux volumes de pierre, de bois, de verre presque parfaitement fondus avec le décor se prennent la mer en pleine face. A priori ça tourne et même du tonnerre, à voir entre les bâtiments le balai d'employés de blanc vêtus. Warm Capital a dû revenir dans l'affaire, puisqu'ils sont là, les deux, fuyant devant un troupeau de moutons bruns et noirs, répandus sur la pelouse à mesure qu'ils descendent d'un quinze-tonnes.

Les voici à l'abri dans le bureau de Reine où celle-ci les rejoint. Reine, les cheveux plus longs, drus, épais, arbore une poitrine fellinienne. Oui le sel, on sait. Et les crêpes, on s'en souvient. Pas du tout. Les hormones. Reine est enceinte de quatre mois, l'eau de rose on y prend goût. Simon n'est pas encore complètement à l'aise, qui surveille par la vitre la débauche d'ovins.

— C'est quoi ça, la ferme dehors ?

— Les moutons ?

C'est la tonte des cinq mille mètres carrés.

Enthousiasme du grand, formidable encore une exigence RSE dûment cochée. Tu es enfin terminée Reine, bravo, ça sent le bouc mais c'est brillant. C'est surtout économique, 8 000 € par an contre 22 000 que coûterait un service de tondeuse électrique. Économies d'échelle, écologie, inscription dans le territoire, circuit court, chiffre d'affaires sympathique ? Le grand et le rond ne sont pas loin de féliciter Reine. Mais se garderont toujours d'appeler la réussite par son nom. En France ça ne se fait pas. En France on fête surtout les défaites des autres, c'est un état d'esprit, ça finira par bouger. Pour le moment, on sourit et Reine, qui sait ce que ça vaut, s'en contente.

La présence du tandem évidemment est exceptionnelle. Ils n'ont pas que ça à faire, et puis en Bretagne il pleut. Certes pas aujourd'hui. On prépare la visite du principal client, énorme groupe de cosmétique, on ne connaît que lui, vous le connaissez, son émissaire devrait être là dans l'heure.

La voici, accostant le pâturage. On est toujours content de la retrouver, Élisabeth et son énergie nucléaire à faire tourner une centrale. En bottes, flanquée d'une virile et minimale équipe, elle fend, enfin essaie de fendre, le front des moutons. Il faut la voir poussant les croupes et bousculant un gros frisé qui dispute à grands coups de cornes un carré de trèfle à quelque brebis, bientôt terrassée.

— Fais-toi respecter toi aussi ! Au lieu de faire ta biche ! Pousse-le, le gros !

La brebis rétive au mentoring reste plantée là.

— Encore une qui se fera bouffer la laine sur le dos, s'exclame Élisabeth qui défiant sa garde rapprochée propose qu'on attrape le gros. Vous le tenez pendant que je lui coupe les couilles ?

C'est une plaisanterie et la mise en pratique immédiate de la dernière idée du coach en management d'Élisabeth : dédramatiser les situations par l'humour, générer la catharsis par la provocation. En effet, après une petite enquête de climat on avait appris que, dans le groupe, les jeunes hommes se sentaient délaissés, pas bien, laissés dans l'ombre de ce grand jour qui se levait, dit-on, sur les femmes en entreprise. D'où les efforts d'Élisabeth. Enfin, on n'y est pas, ce n'est pas exactement le bon registre. Ou le mouton, le bon exemple. Personne ne rit au désespoir de la patronne.

— Mais détendez-vous bordel ! Je les ai bien encaissées moi, vos vannes ! Ça va pas encore nous prendre deux mille ans ? Si ?

Le fonds et l'entrepreneuse observent la scène depuis la fenêtre du bureau. À cette distance, c'est ma foi énigmatique.

— Qu'est-ce qu'ils foutent, s'impatiente le grand, elle veut les mettre en rangs, les moutons ?

Reine propose qu'à titre de principal client Élisabeth ait le droit de s'amuser. On fera en outre, tout à l'heure, un tour en mer, histoire de pêcher un bar de ligne ou deux. Reine pense qu'après ça on fera, sans violence, passer les nouveaux tarifs à Élisabeth.

— Un peu trop principale la cliente d'ailleurs, réagit Raphaël qui parlant comme un manuel explique à Reine qu'il serait bon d'en trouver un autre. Dépendre de la puissance d'un seul, c'est déjà ne plus s'appartenir.

— On s'entend bien avec Lilibeth.

— Jusqu'au jour où juste avant que ce soit intéressant pour nous elle voudra te

— Nous ?

— Elle voudra t'intégrer, te racheter. Elle y pense déjà.

Reine avale un complexe de vitamines B. Il faut en prendre six par jour, elle ne compte plus. C'est bien ce que j'espère, dit-elle, prête à écrire encore dix fois le mot *fin*, on en parle. Ça vibre, annonce-t-elle, une main sur le flanc.

— Le bébé ? espère Simon.

Non, son téléphone. C'est Étienne, qui vient de raccrocher avec l'Élysée. On va enfin savoir si ça valait le coup d'attendre son heure.

Cette œuvre de fiction est inspirée des résultats d'enquêtes menées par l'Observatoire des gouvernances et des hauts dirigeants. L'auteure remercie vivement Brigitte Lemercier, sa fondatrice, ainsi que toute son équipe, d'avoir soutenu ce projet, et rendu possible cette transposition dans le champ littéraire de travaux d'ordre sociologique.

Composition : Dominique Guillaumin
Achevé d'imprimer
par CPI Firmin-Didot
à Mesnil-sur-l'Estrée, en octobre 2019
Dépôt légal : octobre 2019
Premier dépôt légal : décembre 2018
Numéro d'imprimeur : 155518

ISBN : 978-2-07-283145-4/Imprimé en France

364171